An ihrer Saite

Roman

Christin Tewes

Buchbeschreibung:

Ken kann sein Glück kaum fassen: Mona ist tatsächlich in Japan geblieben und gibt ihrer ungewöhnlichen Liebe eine Chance. Anfangs schlagen ihre Herzen im selben Takt, aber bald sitzen dem Cellisten nicht nur seine konservative Familie, sondern auch seine eigenen Zweifel im Nacken. Auch Mona beginnt, ihre Entscheidung zu hinterfragen. Bis vor Kurzem war Ken ein offenes Buch für sie, jetzt zieht er sich immer mehr zurück. In diesem Gefühlschaos gibt ihr ein neuer Kollege Halt, doch als zwischen den beiden erste Funken fliegen, wird es erst recht kompliziert. Ken und Mona müssen entscheiden, wie ihre Zukunft aussehen soll. Werden sie zu einer gemeinsamen Melodie zurückfinden oder verweht ihr Lied im Wind?

Über die Autorin:

Christin Tewes wurde 1985 geboren und begeistert sich seit jungen Jahren für Japan. Sie studierte Regionalwissenschaft Japan in Bonn und ist seitdem Redakteurin/Lektorin bei einem Berliner Manga-Verlag. 2009 erschien ihr Debüt „Big in Japan", ein autobiografischer Reisebericht. „An ihrer Saite" ist der zweite Teil der Cello-Dilogie, die 2018 mit dem ersten Teil, „An seiner Saite" begann. Christin Tewes ist seit 2019 im Berliner Netzwerk #BerlinAuthors aktiv und hat in den dort entstandenen Anthologien „Großstadtklänge" und „Großstadtgefühle" Kurzgeschichten veröffentlicht.

An ihrer Saite

Roman

Christin Tewes

Die Personen und die Handlung des vorliegenden Werkes sowie alle darin enthaltenen Namen und Dialoge sind erfunden und Ausdruck der künstlerischen Freiheit der Autorin. Jede Ähnlichkeit mit realen Begebenheiten, Personen, Namen und Orten wäre rein zufällig und ist nicht beabsichtigt.

Christin Tewes, »An ihrer Saite«
1. Auflage, 2021

© Christin Tewes
kontakt@christintewes.de

Herstellung und Verlag: epubli, Berlin
Lektorat: Katharina Stein (www.lorem-ipsa.de)
Coverdesign: Jessica Knipprath
Designelemente: Cherry blossom patterns, Blooming cherry tree branch background designed by Freepik, weitere Elemente von Freepik und Vecteezy.com

Alle Rechte vorbehalten.

www.christintewes.de

An ihrer Saite

Kapitel 1

– Mona –

Das Raunen der Zuschauer kitzelte meinen Nacken. Wie aufgeregt sie alle flüsterten und tuschelten. Ein sanfter Schauer lief mir über den Rücken und meine Hände wurden feucht. Ich freute mich auf das Konzert und spürte meine Atmung vor Aufregung schneller und flacher werden. Die Bühne war bereit: Notenständer, Loop Station, Roll-Up. Nur einer fehlte. Ungeduldig schaute ich zur Flügeltür an der Raumseite.

Ken zog im Backstage-Bereich in diesem Moment sicher seinen Hemdkragen gerade, griff nach dem Cello, stellte es lautlos auf und drehte es einmal um die eigene Achse. Ein Ritual, das ihm Glück brachte, sagte er. Ein paar Mal hatte ich ihn dabei beobachtet. Er griff nach dem Bogen, ließ den Arm sinken und schloss die Augen. Ich stellte mir vor, wie er ein letztes Mal in sich ging. Er atmete tief und sog neue Energie in sich ein. Seine Schultern hoben sich. Beim Ausatmen ließ er alles, was ihm bei seinem Auftritt hinderlich war, hinter sich. Seine Schultern senkten sich wieder und er konzentrierte sich auf die Geräusche, die aus dem Konzertsaal zu ihm drangen.

Als die Tür geöffnet wurde und er von der rechten Seite des Raumes auf die Bühne trat, verstummten die Gespräche der Zuschauer und alle Blicke richteten sich auf ihn. Ein Lächeln machte es sich auf meinem Gesicht gemütlich. Er sah wieder einmal hinreißend aus in seinem schlichten schwarzen Anzug, den milden Blick auf den Weg vor sich gerichtet.

Bedächtig trat er zur Mitte der Bühne, verbeugte sich vor dem Publikum und setzte dann seinen Bogen auf die Saiten. Eine Sekunde lang war es ganz still. Sanft erklang das Cello, als Ken den Bogen von einer Seite zur anderen führte. Weich und hoffnungsfroh glitt die Melodie durch den Raum und versetzte mich in andächtige Träume. Ich schwebte dem Nachthimmel entgegen und berührte die funkelnden Sterne.

In diesen Momenten blieb die Zeit stehen und es gab nur noch Ken und mich. Ich wusste, dass er jedes Konzert, bei dem ich dabei war, mit seinem *Song around the Stars* eröffnete, weil es mein Lieblingsstück war. Auf der Bühne blieb er stets professionell, aber dieses Lied am Anfang schenkte er mir. Genau wie den kurzen Blickkontakt und das liebevolle Lächeln am Ende des Stücks, während der erste Applaus des Abends aufbrandete. Niemand bemerkte es. Alle waren begeistert von der grandiosen Musik, mit der er dieses Konzert eröffnete.

So gut, wie es angefangen hatte, ging es weiter. Ken ließ mich träumend durch quirlige Stadtviertel laufen, in dunkelblaue Seen tauchen oder durch ein kühles Bambuswäldchen wandern. Ich vergaß die Welt um mich herum und fühlte mich auf wundervolle Art lebendig.

Auch als das Konzert vorbei war, hielten wir beide diskret Abstand zueinander. Wie verabredet wartete ich im Eingangsbereich der Konzerthalle und beobachtete ungeduldig, wie die Gäste nach und nach das Gebäude verließen.

Am Autogrammstand von Ken tummelten sich ein paar Frauen und wollten eine CD oder ein Autogramm ergattern. Als Ken dazukam, suchte er den Raum nach mir ab und schickte ein kurzes Lächeln in meine Richtung, bevor er sich seinen Fans widmete. Ich nickte ihm lächelnd zu und beobachtete, wie er hinter den wartenden Fans verschwand. Nur ab und zu erhaschte ich noch einen Blick auf ihn und fühlte mich ein wenig fehl am Platz. Ich dachte zurück an die Zeit, in der ich wie diese Frauen dort in der Schlange gestanden hatte, völlig überwältigt von meinem ersten Konzert von Ken. War das wirklich schon ein halbes Jahr her?

Ich versicherte mich, dass Ken beschäftigt war, dann wandte ich mich ab, holte mein Handy hervor und tätigte einen kurzen Anruf. Um zwanzig Uhr mussten wir also zu Hause sein. Ich unterdrückte ein Grinsen, steckte das Handy zurück und schaute wieder hinüber zu Ken.

Als kaum noch Fans um seinen Tisch standen, trat ein Junge an ihn heran und bat ebenfalls um ein Autogramm. Er strahlte übers ganze Gesicht, als Ken ihm den Gefallen tat, und noch mehr, als seine Mutter ein Foto von ihm und Ken machte. Der Kleine bedankte sich mit einer höflichen Verbeugung und Ken dankte ihm ebenfalls – wie immer mit seiner rechten Hand auf dem Herzen.

Als der Junge sich entfernte, sah Ken ihm nach, bis sein Blick mich streifte. Ertappt bemerkte ich mein verträumtes Lächeln. Ken grinste verschmitzt und wandte sich der nächsten Autogrammjägerin zu.

Ein paar Minuten später hatte er die letzten Fans verabschiedet, seine Sachen gepackt und dem Personal an der Garderobe einen schönen Abend gewünscht. Er kam zu mir und seufzte erleichtert. »Es fällt mir wirklich nicht leicht, mich auf solche Gespräche zu konzentrieren, wenn ich genau weiß, dass du in der Nähe bist.«

Ich grinste, unterdrückte es aber gleich wieder, obwohl ich ihm am liebsten um den Hals gefallen wäre. Die Tatsache, dass er direkt vor mir stand und mir in die Augen blickte, ließ mein Herz rasen. Aber noch waren wir in Sichtweite der Angestellten des Hauses, also begnügte ich mich damit, ganz nah neben ihm zu stehen.

»Lass uns gehen«, flüsterte ich und sah ein Lächeln über sein Gesicht huschen.

Die Wohnungstür war kaum ins Schloss gefallen, als Ken mich gegen die Wand drückte und küsste. Ich genoss es, ihn endlich Haut an Haut zu spüren und ihn ganz für mich zu haben. Ich fuhr mit einer Hand durch sein kurzes Haar und genoss seinen Atem auf meiner Haut. Nach einer Weile, als die Küsse wieder kürzer wurden und Ken mir ruhig in die Augen sah, drückte ich ihn ein Stück weg und musterte ihn lächelnd. »Du warst heute wieder umwerfend auf der Bühne. Die Leute lieben dich und deine Musik. Wie fandst du es?«

»Wenn du im Publikum sitzt, ist es immer großartig! Dann könnte ich ewig spielen.« Seine Augen leuchteten und seine Blicke huschten über mein Gesicht. Sanft drückte er mir einen weiteren Kuss auf die Lippen.

Ich sog den himmlischen Duft seines Eau de Toilettes ein und öffnete den Knopf seines Jacketts. Dann ließ ich meine Hände unter das Jackett gleiten, bis ich es ihm langsam von den Schultern schob. Es glitt geräuschlos zu Boden. Unter Küssen zog er mich langsam ins Schlafzimmer zum Bett, drückte sich rücklings in die Kissen und ließ mich über ihm knien.

In diesem Moment klingelte es an der Tür. Ken rollte enttäuscht mit den Augen, aber ich grinste ihn frech an.

»Überraschung!«, rief ich.

»Was?« Ken runzelte die Stirn, aber da war ich schon aufgesprungen und öffnete die Tür. Ein junger Mann mit Schiebermütze trug nach kurzer Begrüßung auf weißen Handschuhen eine Kiste mit Sushi in die Wohnung. Ich bedeutete ihm, es auf dem Esstisch abzustellen, drückte ihm schnell Geld in die Hand und begleitete ihn wieder zur Wohnungstür.

Ken war mir gefolgt und staunte über die Sushi-Lieferung. »Hast du …«, begann er, als die Tür wieder ins Schloss gefallen war.

»Ich dachte mir, du hast bestimmt Hunger. Also habe ich bei unserem Lieblingsladen bestellt.«

Es war amüsant, Ken so überrascht zu erleben. Wie er da in seinem schwarzen Hemd vor mir stand und ungläubig auf die gigantische Sushi-Portion starrte, entlockte mir ein Kichern. In dem Moment wusste ich nicht, welcher Anblick verlockender war: Ken oder das Sushi.

»Wow! Danke! Das ist eine tolle Idee. Ich habe wirklich Hunger.« Er schlang einen Arm um meine Hüfte und gab mir einen Kuss. »Setz dich, ich hole Teller und Stäbchen.«

Ich öffnete die Plastikboxen und als er wiederkam, quoll der Esstisch über vor Sushi und Beilagen: eingelegtes Gemüse, Misosuppe und für Ken eine Extraportion Garnelen.

»Du ziehst schon wieder die Nase kraus«, neckte er mich und setzte sich über Eck neben mich an den Esstisch.

»Wie du das essen kannst …!«

»Ganz einfach, guck!« Ken nahm eine Garnele zwischen die Stäbchen und führte sie an seinen Mund. Sie verschwand mit einem Happs und während er kaute, warf er mir einen demonstrativen Blick zu. Auf seinem glatten Kinn sah man noch keine Zeichen von dem verführerischen Dreitagebart, der sich morgen bestimmt zeigen würde.

»Mona, du Träumerin!«

»Was? Ich … ich bin total bei dir.«

»Total verliebt bist du.«

Ich lachte. »Ist das schlimm?«

Ken wurde ernst, beugte sich zu mir hinüber und sagte leise: »Nein, überhaupt nicht. Ich liebe es.«

Seine weichen Lippen drückten sich zart auf meine. Der Garnelengeschmack war mir in dem Moment egal. Als Ken sich von mir löste, lag ein zufriedenes Lächeln auf seinem Gesicht. Er legte eine Hand auf meine und streichelte sie sanft. Ich lächelte ihn an und sagte: »Mach mal die Augen zu.«

Er zögerte kurz, schloss dann aber die Augen und setzte sich aufrecht hin. Ich griff mit meinen Stäbchen nach einem Thunfisch-Maki und führte es vor sein Gesicht. »Mund auf.«

»Was?«, fragte Ken erschrocken.

Ich kicherte. »Vertrau mir, alles gut.«

Er atmete einmal ein und wieder aus und öffnete dann zaghaft seinen Mund. Vorsichtig schob ich das Maki hinein und als der Reis seine Zunge berührte, verstand er und schloss genüsslich seine Lippen um die Sushirolle. Ich grinste ihn an, als er die Augen öffnete und freudig strahlte. Dann nahm ich mir selbst ein Stück Sushi. Wir kauten und tauschten über unsere Blicke ein zufriedenes Lächeln aus.

Ich stand auf und ging in die Küche, um mir ein Bier zu holen. »Willst du auch was trinken?«, rief ich Ken vom Kühlschrank aus zu. In dem Moment klingelte es wieder und ich runzelte verwundert die Stirn.

»Bier, bitte«, rief Ken und schob seinen Stuhl zurück. »Und welche Überraschung kommt jetzt?«

»Keine Ahnung, ich hab nichts weiter bestellt«, rief ich ihm aus der Küche zu. Es klingelte erneut, diesmal länger.

»Ich komme ja schon«, hörte ich Ken rufen und schloss die Kühlschranktür. Im nächsten Augenblick drang eine furienhafte Frauenstimme aus dem Flur an mein Ohr.

»Na, das wurde ja auch Zeit, Kensuke! Wie lange wolltest du mich bitte schön noch warten lassen? Als wenn es nicht schon umständlich genug ist, dass ich dir durch die halbe Stadt hinterherfahren muss. Und dann diese Absteige! Wann suchst du dir endlich etwas Besseres? Das ist doch kein Leben!«

Wie erstarrt schaute ich die Japanerin an, die ins Esszimmer stolziert kam, als wäre es ihre Wohnung. Ihre grauen Haare waren zu einem strengen Zopf gebunden und sie trug eine ausladende Brille. Ich blieb auf halbem Weg zum Esstisch stehen und folgte mit offenem Mund ihrem unablässigen Redeschwall in einem so schrillen Tonfall, dass es in den Ohren wehtat.

»Verdienst du etwa immer noch nicht genug mit diesem Gefiedel? Ich würde die Qualität ja beurteilen können, wenn dein Vater endlich die Uhr lesen könnte und wir *einmal* pünktlich bei deinen Konzerten wären.«

Dabei wies sie auf den gedrungenen Herrn, der an Ken vorbei in die Wohnung schlurfte und genervt mit den Augen rollte. Sein Vater?

Die Frau fuhr fort, bevor ich einen klaren Gedanken fassen konnte. »Tetsuya, ich habe dir gesagt, dass wir halb vier losmüssen und damit meine ich schon fünfzig Jahre lang, dass wir halb vier im Auto sitzen und uns nicht erst vom Sofa erheben!«

»Du hast vollkommen recht, Noriko-Schätzchen«, nuschelte der ältere Herr und erntete kreischende Empörung.

»Mutter, ist doch gut jetzt«, ging Ken dazwischen und mir stockte der Atem. Mutter?

»Nichts ist gut jetzt!«, fauchte sie zurück. »Wenn ich mich schon auf den Weg zu meinem Künstlergenie von Sohn mache, dann möchte ich erstens rechtzeitig da sein und zweitens nicht noch Ewigkeiten mit der Parkplatzsuche vergeuden!«

»Ach ja, immer dasselbe«, murmelte Kens Vater, winkte ab, bog vor dem Esstisch ab Richtung Sofaecke und ließ sich in einen der Sessel fallen.

»Ich höre wohl nicht recht!«, fuhr seine Gattin ihn an. »Dass du dir überhaupt erlaubst, mir ... oh! Kensuke, ich wusste nicht, dass du Besuch hast.«

Mit großen Augen schaute sie von mir zu Ken und wieder zurück. Ihr Redeschwall erstarb augenblicklich und sie starrte genauso irritiert zu mir wie ich zu Ken.

»Besuch? N… Nein, nein, das ist kein Besuch«, sagte er und suchte, den Blick gen Boden gerichtet, nach einer Erklärung.

»Aber …«, stotterte ich.

Ken rang nach Worten. »Das ist meine Nachbarin, Mutter. Ihr war nur der Reis ausgegangen, weißt du?«

Mir fielen beinahe die Bierflaschen aus der Hand. Es waren etwa drei Meter zwischen uns, aber ich sah deutlich, dass Ken der Schweiß auf der Stirn stand. Möglichst unauffällig schob er sich hinter seiner Mutter an der Wand entlang zurück Richtung Tür.

Mir klappte der Mund auf. Kens Mutter ebenfalls. Irritiertes Amüsement lag in ihrer Stimme. »Reis? Aber sie hat Bier in der Hand.«

»Jaja, das kann sie ruhig auch haben … haha. Also Frau Jackson, ich hoffe, Sie haben dann alles, was sie brauchen.« Er ruckte mit dem Kopf Richtung Tür, ohne dass seine Eltern es bemerkten. Kens Vater starrte erschöpft vor sich hin, Kens Mutter hob die gezupften Augenbrauen und musterte mich von oben bis unten. Ich blinzelte fassungslos, wusste nicht, was hier gespielt wurde.

Ken schaute mich hinter dem Rücken seiner Mutter eindringlich an. In meinem Bauch breitete sich ein stechender Schmerz aus, aber ich entschied mich, Ken zu vertrauen. Mit einem aufgesetzten Lächeln ging ich an seiner Mutter vorbei Richtung Tür.

»Verstehe, so ist das also«, sagte sie.

»Genau«, sagte Ken zu ihr und öffnete mir die Wohnungstür. »Also, vielen Dank und schönen Abend noch.«

Wie betäubt ging ich nach draußen und Ken flüsterte leise: »Verzeih mir, ich erkläre es dir später.« Dann schlug er mir die Tür vor der Nase zu. War das sein Ernst?

»Mein Sohn!« Dumpf hörte ich seine Mutter durch die Tür. »Du brauchst wirklich langsam eine Frau. Das kann man ja nicht mit ansehen.«

– **Ken** –

»Ist ja gut, Mutter. Wollt ihr einen Tee?« Ratlos stand ich im Wohnzimmer, nachdem die Wohnungstür ins Schloss gefallen war.

Was hatte ich nur getan? Ich wollte augenblicklich meinen Kopf gegen die Wand schlagen. Am liebsten wäre ich Mona nachgelaufen und hätte meine Eltern einfach hier sitzen lassen. Mutter schlich um den Esstisch und beäugte das glänzende Sushi, das sich schön von dem dunklen Holz abhob. Stünde ich nicht in Sichtweite, würde sie sich einen Happen in den Mund stecken, dessen war ich mir sicher.

Zum Glück hatte Mona mitgespielt und mir wenigstens eine unangenehme Szene erspart. Oder wäre es besser gewesen, sie hätte mich konfrontiert? Hätte sich nicht so leicht abschieben lassen?

»Kriege ich jetzt einen Tee oder nicht?« Vaters murrende Stimme holte mich aus meinen Gedanken.

»Ja, natürlich.« Ich verschwand in der Küche, holte zwei Teebecher aus dem Schrank und hängte Siebe mit grünem Tee hinein. Was war da eben nur passiert? Ich tippte mir unwillkürlich an den Kopf und hielt den ersten Becher unter den Heißwasserspender. Während das Wasser gemächlich in den Teebecher floss, wurde mir klar, dass mir der Gedanke, meine Familie würde mit Mona an meiner Seite nicht einverstanden sein, vertraut war. Schon oft war er an die Oberfläche gekrochen, aber ich hatte ihn sofort unter einem Berg Decken und Kissen erstickt.

Plötzlich erschien Mutter im Türrahmen und beobachtete mich. Ich warf ihr einen kurzen Blick zu, während sich die Becher füllten. Ihr Blick suchte in meinem Inneren stumm nach der Wahrheit. *Wer war diese Frau bei dir, Kensuke?* Sie lächelte sanft, ihr Ausdruck war milde geworden.

»War dein Konzert gut?«, fragte sie mit Wärme in der Stimme und ich nahm ihr ab, dass sie das wirklich interessierte.

»Ja, alles hat gut geklappt. Es war eine schöne Stimmung, der erste Saal dieses Jahr, der weihnachtlich geschmückt war.« Ich schenkte ihr ein versöhnliches Lächeln. Ihr ungeschminktes Gesicht, ihre kleinen aufgeweckten Augen, die Leberflecken auf ihrem Handrücken, als sie den Becher Tee in die Hand nahm, der für Vater bestimmt war. Mit einem Mal fühlte ich mich schuldig, weil wir uns länger nicht gesehen hatten. Dabei war Hachioji doch gar nicht so weit weg. Ich sollte die beiden wirklich öfter besuchen. Dann würden sie vermutlich auch nicht mehr unangekündigt vor meiner Tür stehen.

Als ich mit dem Becher, der für Mutter bestimmt war, hinüber ins Wohnzimmer gehen wollte, versperrte sie mir im Türrahmen den Weg. Sie sah zu mir auf und sagte leise: »Ich mache mir Sorgen um dich.«

»Das brauchst du nicht«, wiegelte ich ab und wollte an ihr vorbeigehen. Sie wich keinen Millimeter zur Seite.

»Kensuke …« Ein bodenloses Bedauern lag in ihrer Stimme.

Ich schob sie an der Schulter aus dem Türrahmen und vor mir her zurück ins Wohnzimmer. Vorsichtig, damit der Tee nicht verschüttet wurde.

»Nein, wirklich, Mutter, ich mache mir viel mehr Sorgen um euch. Kommt ihr zurecht, ganz allein?«

»Wir sind nicht allein. Kogoro kommt uns regelmäßig besuchen.« Mit der unausgesprochenen Beschwerde darüber, dass ich deutlich seltener bei den beiden war als mein Bruder, reichte sie den Teebecher meinem Vater und setzte sich aufs Sofa.

Ich nickte. »Gut.«

Dann stellte ich Mutters Tee auf dem Couchtisch ab, setzte mich in die andere Ecke des Sofas und beobachtete sie, wie sie nach dem Tee griff.

Schweigen.

Mutter blieb vorn auf der Sofakante sitzen, lehnte sich nicht an. Nach einem winzigen Schluck stellte sie den Becher wieder ab. Vater schlürfte seinen Tee.

»Was macht das Angeln, Vater?«

»Neulich hat er wieder so furchtbar leckeren Fisch nach Hause gebracht«, antwortete meine Mutter, »du musst am Wochenende unbedingt zum Essen kommen.«

Ich schaute von ihr zu Vater, der ungerührt die Wärme seines Tees wegpustete, und wieder zurück. Er schien nicht am Gespräch teilnehmen zu wollen.

»Apropos Fisch!« Mutter klatschte in die Hände. »Für wen hast du denn so viel Sushi da? Erwartest du noch jemanden? Es ist doch schade darum, das muss gegessen werden.«

Mit perfektem Timing knurrte mein Magen in die Stille nach ihrer Frage hinein. Ich seufzte und willigte ein, ihnen etwas vom Sushi abzugeben. Was hätte ich auch sagen sollen? Es war Abend, sie hatten sicher genau wie ich seit dem Mittag nichts mehr gegessen. Außerdem hoffte ich, dass sie danach umso schneller wieder verschwinden würden.

Ich holte die Schüsseln und Teller vom Esstisch zum Sofa hinüber und besorgte neue Stäbchen aus der Küche. Ich würde Mona das Geld zurückgeben oder sie im Gegenzug zum Essen einladen. Auf jeden Fall musste ich diesen schrecklichen Abend irgendwie wiedergutmachen. Wo sie in diesem Moment wohl war?

Meinen Eltern schien das Sushi zu schmecken. Vater nahm den Mund immer so voll, dass er nicht reden konnte. Das blieb Mutter und mir vorbehalten. Ich hörte Mutters Gerede kaum zu, sah Vater nur ein Garnelen-Sushi nach dem anderen vertilgen. Ich ließ ihn, aß ein wenig mit, doch das Sushi schmeckte ohne Mona nicht mehr halb so gut.

Wie sollte ich ihnen erklären, dass ich mit ihr zusammen sein wollte? Eine Deutsche mit so viel

Altersunterschied. Keine angepasste Japanerin, die sich um den Haushalt kümmerte und nicht für ihre eigenen Träume einstand, sondern lediglich für ihren Mann. Sie schaute mir direkt ins Herz, aber anders als meine Mutter auf heilende Weise. Sie stellte andere Fragen, hörte zu. Sie wollte weder Anteil an meiner bescheidenen Berühmtheit haben noch sie mir nehmen. Und sie schien den Altersunterschied von 25 Jahren kaum zu spüren. Machte sie sich etwas vor? War sie ehrlich zu mir? Was, wenn sie nach einer Weile erkennen würde, dass es ein Fehler war, sich keinen gleichaltrigen Freund zu suchen?

    Es war einfach noch zu früh, um sie meinen Eltern vorzustellen. Aber ich hätte sie nicht so geringschätzig behandeln sollen. Sicher war sie jetzt traurig und lief draußen ganz allein durch die Straßen. Ich musste sie suchen.

– Mona –

Ein kalter Wind blies über die Balustrade und zog mir in den Nacken. Fröstelnd hob ich die Schultern an die Ohren. Der Schein der Straßenlaterne spiegelte sich in dem glänzend grünen Metall der geschlossenen Wohnungstür vor mir und ich war versucht, an die Tür zu hämmern. War das sein Ernst? Er hatte mich einfach so nach draußen in die Kälte geschoben! Wäre es so schlimm gewesen, mich als die vorzustellen, die ich war?

Ich verstand Ken nicht. Was waren das denn für Eltern, wenn er solche Angst vor ihnen hatte? Offensichtlich lag in der Familie einiges im Argen. Die Mutter, meine Güte, was für eine Furie. So eine aufbrausende Japanerin hatte ich noch nie erlebt. Das Kennenlernen mit ihr hatte ich mir wirklich anders vorgestellt.

Ein Mann im Jogginganzug kam die Galerie entlang. Ich wandte mich reflexartig um und ging an ihm vorbei in die andere Richtung. Wo sollte ich jetzt hin? Hatte Ken mich ernsthaft vor die Tür gesetzt und behauptet, ich wäre seine Nachbarin?

Zum Glück hatte ich meine Schuhe anbehalten. Ich stapfte den Gang entlang und versuchte zu verstehen, was gerade passiert war. Der konnte was erleben. Drei Monate Beziehung – und jetzt war ich die Nachbarin?

Es war kühl und ich hatte keine Jacke dabei, nur die zwei geöffneten Biere in der Hand. Als ich eine der Flaschen an die Lippen setzte, fiel mir das kleine Restaurant in der Querstraße ein. Mal sehen, wie viele Drinks ich auf Kens Rechnung setzen konnte, bis er angekrochen kam.

Der erste Gin Tonic schmeckte wie immer etwas bitter. Ich saß mit dem Rücken zu den anderen Gästen. So sah höchstens der Barkeeper mein säuerliches Gesicht. Die verzierten Deckenlampen der Bar erinnerten mich an das Lokal, in das wir damals nach der unglaublichen Flughafenaktion gegangen waren. Fast dieselben geschwungenen Kronleuchter, wie gläserne Oktopusse.

Bis hierhin hatte sich alles wie eine aufregende Romanze angefühlt. Ken war leidenschaftlich und vermittelte mir andererseits eine wohlige Ruhe, die ich immer gesucht hatte. Ich hatte mir nie ausgemalt, wie es wohl sein würde, seine Eltern zu treffen. Ich spürte nur, dass das vorhin ein anderer Ken war, der mich so unsanft vor die Tür gesetzt hatte. Er spielte seinen Eltern und mir etwas vor. Warum war er plötzlich unehrlich und wo war seine Aufrichtigkeit geblieben. Kannte ich ihn überhaupt?

Ich vermisste meine Freunde. Sie waren noch überraschter als meine Eltern gewesen, als ich meinen Japanaufenthalt verlängert hatte. Aber hatte ich das Richtige getan? Inzwischen erschien mir die ganze Aktion vollkommen verrückt.

Ich wusste bis heute nicht, was Ken damals den Sicherheitsbeamten am Flughafen erzählt hatte, um mich aus der Abflughalle herauszuschleusen. Ein Mitarbeiter des Sicherheitspersonals war mit Handy am Ohr auf mich zugekommen und hatte mich am Security-Check vorbei wieder zurück in den Eingangsbereich geführt. Er nuschelte unablässig in sein Telefon, aber als ich Ken hinter einem Absperrband stehen sah, achtete ich nicht mehr auf ihn.

Ken bedeutete mir mit einem ruhigen Nicken, dass ich langsam weitergehen sollte. Er zog mich mit seinem Blick zu sich, als wäre ich eine Geisel und die kleinste Unachtsamkeit könnte die Lösegeldübergabe gefährden.

Als ich neben ihm stand und kurz davor war, ihm dankbar um den Hals zu fallen, flüsterte er eindringlich: »Überlass mir das Reden.« Dann wandte er sich dem Sicherheitsbeamten zu. Nach einem kurzen Gespräch bedankte er sich höflich, führte mich Richtung Ausgang und erklärte mir, mein Gepäck könnten wir in etwa einer Stunde abholen. Ich glaubte kaum, was hier geschah, aber ich war fasziniert von Kens scheinbarer Gelassenheit. Scheu nach links und rechts schauend verließen wir den Terminal, als wären wir Diebe auf der Flucht.

Als uns der frische Wind draußen um die Nase wehte, begriff ich allmählich, was passiert war.

Ich würde an diesem Tag nicht in ein Flugzeug steigen.

Ich würde am nächsten Tag nicht wieder in Deutschland sein.

Ich war hier in Japan und stand mit Ken vor dem Flughafenterminal in Fukuoka.

Was nun?

Ken schien dieselbe Frage im Kopf herumzugehen. Er lächelte mich nervös an und blickte suchend um sich. »Wir sollten uns erst mal irgendwo hinsetzen und was trinken. Komm.«

Seine Hand auf meinem Arm hatte mich so sehr beruhigt. Dabei hatte er sich wahrscheinlich eher an mir festgehalten.

Unter geschwungenen Kronleuchtern hielten wir uns an unseren Getränken fest und hörten die Luft knistern. Ich war unschlüssig, konnte kaum die Augen von ihm abwenden und wagte es gleichzeitig nicht, ihn anzusehen. Keiner von uns sagte ein Wort. Wir lächelten nur schüchtern vor uns hin.

Irgendwann lehnte sich Ken zurück, nahm einen großen Schluck aus seinem Glas und sagte nach einem Räuspern: »Ich wollte einfach nicht, dass du gehst.«

»Ich wollte das auch nicht.« Herzklopfen. »Aber was machen wir jetzt? Ich habe keine Wohnung und kein Visum.«

Ken nickte mit gesenktem Blick, als würde ihm diese Tatsache auch erst in diesem Moment bewusst werden. »Dann wohnst du bei mir.«

»Bei …!« Ich riss die Augen auf.

Er erzählte mir von seiner kleinen Wohnung in Tokyo, die er nutzte, wenn er in der Hauptstadtregion war.

»Ich weiß nicht«, sagte ich, aber es klang verlockend.

Er legte seine Hand vorsichtig zwischen uns auf das Sofapolster, ganz nah an meinem Oberschenkel. »Nur für den Anfang und nur, wenn du willst. Dann überlegen wir uns in Ruhe, wie es weitergeht. Ich habe so etwas auch noch nie gemacht.«

Er lächelte unbeholfen und ich verlor mich in seinen beinah schwarzen Augen. Seine unaufgeregte Ausstrahlung und Gefasstheit beruhigten mich.

»Mich hat noch kein Japaner so direkt und lange angesehen wie du. Die meisten wenden den Blick sofort ab. Ich dachte, in Japan gilt es als unhöflich, jemandem länger in die Augen zu sehen.«

»Ist es auch, aber ich kann nicht anders.« Er wollte noch mehr sagen, schloss den Mund aber nach einigem Zögern und lächelte mich verschämt an.

Wir blieben eine Weile sitzen, schüttelten hin und wieder den Kopf über die Situation, in die wir uns gebracht hatten, und fühlten uns einfach wohl in der Nähe des anderen. Dafür brauchte es nicht viele Worte, das spürte ich.

Später holten wir das Gepäck. Ken buchte uns für den nächsten Tag einen Flug zurück nach Tokyo und organisierte uns zwei Hotelzimmer für die Nacht. Wir gingen in einem italienischen Restaurant zu Abend essen und als der letzte Schluck Wein in unseren Gläsern war, berührte ich seine Hand, die auf dem Tisch lag. »Ich danke dir. Dass du zu mir gekommen bist und mich aufgehalten hast. Ich hätte mich das selbst nicht getraut.«

Ken nickte mit einem strahlenden Lächeln und seine schwarzen Augen funkelten. Mir schlug das Herz bis zum Hals. Was machte ich eigentlich hier? Er betrachtete meine Hand an seiner und rief schließlich den Kellner zum Bezahlen.

Beim Verlassen des Restaurants griff er nach meiner Hand und ließ sie bis zum Hotel nicht mehr los. Wir liefen kichernd durch die Nacht und ich genoss die Wärme seiner Hand, die meine umschloss.

Von den zwei Zimmern, die Ken gebucht hatte, wurde eins lediglich zum Abstellort für mein Gepäck. In dem anderen wurde es unerwartet leise, warm und sehr nah.

Seit unserer ersten gemeinsamen Nacht waren drei Monate vergangen. Der warme Herbst war vorbei und an manchen Tagen wehte uns bereits der kühle Novemberwind die losen Enden unserer Schals ins Gesicht.

Ich hatte mit viel Glück einen Teilzeitvertrag beim Goethe-Institut bekommen und war für zwanzig Stunden pro Woche als Assistenzlehrerin für Deutsch angestellt worden. Obwohl ich nicht mehr der Projektarbeit bei Sunmi und Frau Murata zugeteilt war und wir uns nur noch auf den Fluren über den Weg liefen, waren meine Kolleginnen froh, mich so schnell wiederzusehen. Die Visumfrage war fürs Erste gelöst und in der restlichen Zeit schrieb ich an meiner Abschlussarbeit. Aktuell befand ich mich noch in der Recherchephase und sammelte das Wichtigste aus meinen Literaturquellen zusammen.

Kens Wohnung war ein schöner Ort dafür. Da meine Unterrichtsstunden überwiegend nachmittags stattfanden und seine Konzerte auch erst in den Abendstunden, verbrachten wir vormittags oft Zeit zusammen. Er übte in seinem Musikzimmer Cello und bereitete sich auf Konzerte oder Tonaufnahmen vor. Manchmal fuhr er zu Interviews, Besichtigungen oder Terminen mit Musikagenturen. Etwa ein Wochenende im Monat war für Konzerte außerhalb von Tokyo reserviert. Dass seine Musik jederzeit Vorrang hatte, brauchte er nicht zu erwähnen. Das war mir von Anfang an klar gewesen und meine Faszination für seine Leidenschaft war ungebrochen.

Ken schätzte das und nahm mich, so oft es ging, zu seinen Konzerten mit. Er hatte mir auch bei den Visumangelegenheiten geholfen und bei Fragen zu meiner Literaturrecherche konnte ich immer auf ihn zählen. Wir hatten uns unbemerkt aufeinander eingespielt und ich hatte angenommen, dass es der logische nächste Schritt wäre, dass ich irgendwann Bekanntschaft mit seiner Familie machen würde. Doch bisher hatte ich weder seinen Sohn noch seinen Bruder kennengelernt, nur seine Eltern jetzt auf äußerst unangenehme Weise. Vielleicht war ich für Ken doch nur ein vorübergehender Zeitvertreib. Oder plante er womöglich etwas Besonderes für das erste offizielle

Treffen und wollte sich von seinen Eltern nicht so überrumpeln lassen? Die Fragen überschlugen sich in meinem Kopf und mir wurde bewusst, wie verrückt das alles war.

Ich seufzte und bestellte zwei weitere Gin Tonic. Auf einem Bein konnte man ja nicht stehen.

»Ich nehme doch an, einer ist für mich?«

Kens Stimme erschreckte mich. Ich hatte ihn nicht kommen sehen.

»Hey«, sagte er sanft und setzte sich auf den Barhocker neben mir.

»Hey«, sagte ich beleidigt. Er hielt den Kopf gesenkt, wirkte reumütig.

»Sie sind weg. Wollen wir nach den Drinks vielleicht wieder nach Hause gehen?«

Ich warf ihm einen wütenden Blick entgegen und sagte: »Das hat mich verletzt!«

»Ich weiß und es tut mir leid. Ich wusste nicht, dass sie heute kommen wollten.«

»Aber wieso hast du ...«

»Lass uns das bitte zu Hause klären.« Er schaute sich unauffällig um. »Nicht hier.«

– Ken –

Es brach mir das Herz, Mona so traurig an der Bar sitzen zu sehen. Das hatte sie nicht verdient. Sie schaute unablässig auf ihr Glas. Ich versuchte, ein bangloses Gespräch anzufangen, aber sie ging nicht darauf ein. Als unsere Gläser leer waren, zahlte ich, half ihr vom Barhocker und führte sie aus dem Lokal. Der Gin Tonic zeigte bei ihr allmählich seine Wirkung, sie hatte immerhin kaum etwas gegessen. Mir fielen die leeren Sushi-Boxen ein, die in den Müll gewandert waren. Ich würde ihr später etwas kochen.

Draußen legte ich ihr die Jacke um, die ich mitgebracht hatte. Sie sah mich dankbar an und als wir gemeinsam den kurzen Heimweg antraten, schien sie unsicher zu sein, ob sie nach meiner Hand greifen sollte. Ich nahm ihre Hand in meine und sie lächelte müde.

So gingen wir nebeneinanderher, Hand in Hand. Die Blicke der Passanten brannten kleine Löcher in meinen Mantel und stachen mir in die Haut. Ich ertrug es und bemühte mich, nicht schneller zu laufen als sonst. Mona sog die kühle Abendluft durch die Nase ein und atmete lange aus. Mir wurde kalt und ich war froh, als unser Haus endlich in Sichtweite kam.

»Hör mal«, begann ich, nachdem wir Schuhe und Jacken ausgezogen hatten. »Ich weiß, das war wirklich gemein von mir, und ich …«

»Du hast mich verleugnet! Ich, deine Nachbarin? Das kauft dir deine Mutter doch niemals ab. Hältst du sie für dumm?«

»Nein, natürlich nicht. Ich habe doch gesagt, dass es mir leidtut. Lass uns …« Ich wusste nicht, wo ich anfangen sollte. »Also: Das Sushi ist leider weg, es gibt nur noch ein paar Reste. Ich mache dir schnell etwas anderes, ja? Du solltest etwas essen.«

Ich ging in die Küche, aber Mona folgte mir. Sie schien mit einem Mal völlig nüchtern zu sein und stemmte ihre Arme in die Hüfte. »Du weichst immer weiter aus, oder?«

Erschrocken blinzelte ich in die Pause hinein. Ihre Stimme wurde lauter, verzweifelter. »Du hast deine Eltern belogen, mich total dumm dastehen lassen und mich ohne Vorwarnung, ohne Jacke, ohne Schlüssel vor die Tür gesetzt! Weißt du, was das für ein Gefühl ist, wie eine Fremde ausgesperrt zu werden?«

Ich konnte sie lediglich anstarren. Sie hatte völlig recht und ihre Direktheit machte mich sprachlos. Wir standen zwei Meter voneinander entfernt in der Küche und die Zornesfalten auf ihrer Stirn ließen meinen ganzen Körper erstarren.

»Es ist total verletzend, dass du nicht zu mir stehst. Und falls du das irgendwann mal geradebiegen willst ... wie sollen wir dann deiner Mutter gegenübertreten? Das ist doch für uns beide unangenehm.«

»Mona, ich weiß, du hast ja recht. Aber meine Mutter ist Japanerin, vergiss das nicht, sie denkt nicht so wie du. Sie wird sich ihren eigenen Teil denken und das könnte etwas ganz anderes sein, als du glaubst. Noch ist eigentlich überhaupt nichts passiert, wenn man so will.«

»Nichts passiert? Du stehst nicht zu mir! Und ich habe mir eingebildet, wir wären inzwischen so weit, dass wir unsere Beziehung langsam öffentlich zeigen könnten. Stattdessen tun wir bei deinen Konzerten immer noch so, als würden wir uns nicht kennen, und deine Familie darf ich anscheinend auch nicht treffen.«

Vorsichtig ging ich einen Schritt auf sie zu und bemühte mich, das Zittern meiner Stimme zu unterdrücken. »Mona, die Situation ist für mich genauso schwer wie für dich. Aber es herrschen nun mal gewisse Gesetze in unserer Gesellschaft und ich stehe ja auch ein klein wenig in der Öffentlichkeit. Da muss man sich jeden Schritt gut überlegen, das landet sonst alles in der Presse.«

»Ach, du hast also Angst um deinen Ruf?« Sie lehnte sich nach vorn.

»Mona …«, sagte ich und weiter fiel mir nichts ein. Sie war so aufgebracht, dass ich das Gefühl hatte, nicht an sie heranzukommen.

»Ken … Ich dachte, das mit uns ist was Besonderes. Warum bin ich sonst hiergeblieben? Ich will nicht denken, dass das ein Fehler war.«

Sie schluckte, erschrocken über ihre eigenen Worte, und ihre Augen wurden feucht. Das gab mir einen Stich ins Herz. Ich wollte sie nicht so verletzt sehen. Aber ich hatte Angst vor jedem weiteren Wort, wollte nicht noch mehr Falsches sagen.

»Das mit uns *ist* etwas Besonderes. Sonst würde ich das alles nicht so ernst nehmen. Die Freundin den Eltern vorzustellen, ist eine große Sache. In Europa vielleicht nicht, aber in Japan schon. Und … wir beide sind nicht gerade das Idealpaar der japanischen Gesellschaft. Ich meine, schau dich an, du bist so jung, voller Energie und ich …« Ich wagte es nicht, es auszusprechen. »Meine Eltern sind über siebzig und sehr konservativ, verstehst du? Für mich als verwitweten Mann haben sie genaue Vorstellungen. Es ist nicht so leicht, ihnen meine junge, ausländische Freundin vorzustellen, ich mache das ja auch zum ersten Mal.«

»Aber du bist doch ein erwachsener Mann«, sagte Mona und klang dabei verständnisvoller. »Solltest du nicht deine eigenen Entscheidungen treffen? Wieso ist es dir so wichtig, was deine Familie sagen könnte?«

Ich seufzte. »Es ist nicht so leicht, weißt du? Es gibt nun einmal gewisse Regeln.«

»Ach, Regeln, Regeln!« Sie warf hilflos die Arme in die Luft. »Es gibt auch die Regel: Wer einmal im Duty-Free-Bereich des Flughafens angekommen ist, der fliegt auch mit dem verdammten Flugzeug. Ich dachte, wir kümmern uns nicht um Regeln.«

Sie kam plötzlich ganz nah zu mir heran und stupste mir mit dem Zeigefinger auf die Brust. »Ich dachte, *du* kümmerst dich nicht um Regeln.«

Ihre Augen blickten mich herausfordernd an. Um sie zu beruhigen, legte ich meine Hände auf ihre Arme. »Ich werde es ihnen schon noch sagen, okay? Gib mir noch ein bisschen Zeit. Ich will nicht, dass sie einen Herzinfarkt kriegen, wenn ich sie nicht richtig darauf vorbereite.«

Enttäuscht senkte sie den Kopf und holte tief Luft. »Ich verstehe ja, dass wir nicht gleich zu ihnen fahren mit groß angekündigtem Dinner und was weiß ich noch alles. Aber dass du ihnen bei so einer zufälligen Begegnung nicht die Wahrheit sagst ...« Sie hob ihren Kopf und sah mich tieftraurig an. »Meinst du, deine Eltern würden das nicht verstehen? Würden sie nicht wissen wollen, mit wem du glücklich bist? Und wie würde es dir gefallen, wenn ich dich meiner Familie zum Beispiel als Fleischer vorstellen würde, nicht als professionellen Cellisten?«

Ich schluckte und dachte an *Okuribito*, den Film über den Cellisten und Bestatter, der seinen wahren Beruf vor seiner Familie geheim gehalten hatte, bis er sich nicht mehr dagegen wehren konnte. Mona sah mich aus ihren grünbraunen Augen eindringlich an und ich hatte das beschämende Gefühl, sie verletzt zu haben.

»Es war dumm von mir. Ich weiß auch nicht, was mich geritten hat. Wahrscheinlich habe ich nicht das beste Verhältnis zu meinen Eltern. Sie sind nicht ganz einfach, musst du wissen.«

»Dann erzähl mir doch von ihnen«, bat sie und legte den Kopf schief.

Und ich erzählte. Von unserer Heimat in Yamagata, vom Umzug meiner Eltern in die Nähe von Tokyo und ihrem Haus mit Garten. Von dem noblen Restaurant, das sie in den 1970ern eröffnet hatten. Sie arbeiteten längst nicht mehr selbst, sondern gingen nur noch vorbei, um nach dem Rechten zu sehen. Ich erzählte von meinem jüngeren Bruder und meinen Großeltern, die längst verstorben waren. Von meinem Sohn und seiner jungen Familie. Von meiner Ex-Frau Yuriko, die sich kaum ein Jahr nach unserer Scheidung das Leben genommen hatte.

Mona holte sich einen Stuhl in die Küche und ich kochte aus ein paar Resten eine Gemüsepfanne für sie. Wir öffneten noch ein paar Flaschen Bier und unterhielten uns bis kurz vor Mitternacht. Mit Mona konnte ich immer gut reden, sie hörte aufmerksam und ehrlich interessiert zu.

Wir erinnerten uns gemeinsam an unser Kennenlernen. Wie vermutlich jedes Paar auf dieser Welt erzählten wir uns die Geschichte, wie wir zusammengekommen waren, immer wieder. Es war eine einmalige, fast unglaubliche Geschichte. In den Wochen danach konnte ich mich kaum auf meine Musik konzentrieren und war gleichzeitig so inspiriert, dass ich oft bis zum Morgengrauen neue Melodien spielte. An unserem Wochenendausflug nach Hakone war es auch so gewesen.

Mona war vom Cello fasziniert, also brachte ich ihr ein paar Grundlagen bei und sie übte, so oft sie konnte. In Hakone spielte sie die Tonleiter das erste Mal flüssig und beinahe fehlerfrei. Wie sie da im Abendschein saß, das braune Cello vor ihrer Brust, voller Konzentration – ich hatte das Gefühl, noch nie etwas so Schönes gesehen zu haben. Ich setzte mich hinter sie und korrigierte die Haltung ihres Handgelenks ein wenig. Während sie spielte, zog ich mit beiden Händen ihre Silhouette von ihren Schultern bis zu ihrer Hüfte nach. Wie eine

Sanduhr. Wer auch immer das Cello erfunden hatte, hatte dabei sicher an eine verführerische Frau gedacht.

Sie hatte den Kopf in den Nacken gelegt und sich an mich geschmiegt. Ich nahm ihr den Bogen ab, legte ihn beiseite und führte ihre Hand langsam über die Details des Cellos. Dann ließ ich ihre Fingerkuppe eine Saite zupfen. Tief hallte der Ton der angeschlagenen C-Saite durch das Zimmer und durch die geöffnete Terrassentür hinaus. Wir genossen die Vibration, die das Cello auf uns übertrug. Ich küsste ihren Hals, während sie langsam eine Saite nach der anderen anschlug und ihrem Klang lauschte. Bald erkundeten meine Hände die Haut unter ihrer Kleidung. Dieses Wochenende in Hakone, wo wir uns auf den Tatami-Matten geliebt hatten.

Mona schmunzelte zaghaft, als ich in unserer Küche die Erinnerung an damals heraufbeschwor, senkte den Blick dann aber müde auf ihren inzwischen leeren Teller. Sie hing ihren Gedanken nach und es betrübte mich, dass ich sie an diesem Abend wohl nicht wieder völlig aufmuntern können würde.

– **Mona** –

Zwanzig nach eins am Montag schaufelte sich Janine ihre Reisportion mit gebratenem Lachs hinein, während Yumi und ich heiße Nudelsuppe schlürften. Die beiden waren vor drei Jahren ans Goethe-Institut gekommen, aber Yumi war schon Anfang dreißig und im nächsten Jahr stand ihre Hochzeit bevor.

»Endlich wieder Zeit für Ramen«, sagte ich nach dem ersten Löffel.

Yumi nickte zur Bestätigung. »Bis Mai werde ich wohl nichts anderes mehr essen«, sagte sie lachend hinter vorgehaltener Hand.

»Als ob du ein Gramm zunehmen könntest!«, entrüstete sich Janine. »Und in dem Kleid wird eh alles weggeschnürt.«

Yumi hatte uns stolz ihre Brautkleider gezeigt, die sie am Wochenende ausgesucht hatte: ein westliches mit schmaler Spitzentaille und weit ausgestelltem Rock und ein japanisches mit Kopfhaube, das die Braut eher wie ein Raffaello aufplusterte.

»Wie lange wart ihr eigentlich zusammen, als Naoya dich seinen Eltern vorgestellt hat?«, fragte ich.

»Hm, wie lange war das? Ich glaube, vier Jahre.«

»Wow, so lange! Ist das normal?«

»Ja, schon. Vielleicht sogar etwas schnell. Aber wir sind ja schon auf die Dreißig zugegangen. Ihr kennt ja sicher den Vergleich mit der Weihnachtstorte, oder? Töchter sind in Japan nur bis zum Vierundzwanzigsten gut. Danach muss man froh sein, wenn man sie noch loskriegt.«

Janine lachte und wir nickten beide.

»Kannst es wohl nicht mehr erwarten, oder?«, flötete sie. »Oder hat Ken dich schon vorgestellt?«

»Nein, wir hatten gestern eine total blöde Situation, als seine Eltern plötzlich vor der Tür standen.«

Yumi schlug die Hand vor den Mund.

»Und er hat mich echt weggeschickt und seinen Eltern gesagt, ich wäre die Nachbarin!«

»Er hat *was*?« Janines Reis fiel von ihren Stäbchen.

»Er sagt, die würden das noch nicht verkraften, er müsste sie erst langsam darauf vorbereiten.«

Yumi senkte den Blick auf ihre Suppe. »Na ja, ihr kennt euch wirklich noch nicht lange. Das wäre für japanische Verhältnisse schon sehr früh.«

»Aber es lief so gut, ich dachte, jetzt, wo bald Weihnachten ist, würde es sich vielleicht anbieten.

Hatsumode mit der Familie und so. Der erste Schreinbesuch im Januar ist doch wegweisend fürs ganze Jahr.«

Janine legte mir den Arm um die Schulter. »Ach, Mann. Das tut mir leid. Er gehört eben einer anderen Generation an. Da herrschen bestimmt noch ganz andere Regeln. Und du hast doch keine Eile, oder? Ihr habt alle Zeit der Welt.«

Yumi pflichtete ihr bei. »Genau, er ist sicher in der Tradition aufgewachsen, die Freundin erst seinen Eltern vorzustellen, wenn man heiraten will. Auch viele junge Paare verheimlichen ihre Beziehung bis dahin.«

»Ich denke auch, du bist da ein bisschen voreilig, Mona.«

Ich schlürfte den letzten Rest meiner Suppe. »Ja, kann sein, dass man so ein Treffen noch nicht plant, wenn man so kurz zusammen ist. Aber wenn es sich durch Zufall ergibt, dann leugnet man es doch nicht, oder?«

Yumi und Janine wechselten betretene Blicke. Ich seufzte und Janine sprach aus, was ich dachte. »Ja, dass er seine Eltern anlügt, ist schon ein bisschen seltsam. Wie ein Teenager.«

»Ich weiß nicht, wie ich damit umgehen soll.«

Janine imitierte mit tiefer Stimme den immer selben Satz des Institutsleiters: »Geduld, meine Herrschaften«, und wir mussten lachen.

Zum Feierabend begleitete Janine mich zum nächsten U-Bahnhof. »Vielleicht kannst du ja einfach noch mal mit Ken reden und ihm sagen, wie gern du seine Familie kennenlernen willst.«

Ich zuckte ein wenig ratlos mit den Schultern.

»Oder ihr schickt seiner Mutter eine kleine Aufmerksamkeit. Eine Pralinenschachtel … mit einem kleinen Ultraschallbild …«

»Du kannst auch nicht ernst bleiben, Janine!« Lachend knuffte ich sie in die Seite. »Ich weiß ja, dass ich den zweiten Schritt vor dem ersten machen will. Vielleicht wäre ich auch gar nicht auf die Idee gekommen, wenn sie nicht plötzlich vor der Tür gestanden hätten.«

»Hauptsache, du überstürzt es nicht. Ken wird schon seine Gründe haben, er kennt seine Eltern am besten. Wer weiß, wovor er dich bewahrt hat. Ich würde mir die Bande erst mal von Weitem anschauen.«

»Wahrscheinlich hast du recht. Na gut, wir sehen uns morgen, okay?«

»Klar.« Dann bog sie ab zur Ginza-Linie.

– Ken –

Ich legte den Bogen ab und lauschte in die Wohnung. War Mona da? Ein Blick auf die Uhr verriet mir, dass es kurz vor halb acht war. Zwei Stunden hatte ich bereits geübt und sie sollte bald zu Hause sein.

Vorsichtig schob ich die Papiertür beiseite und trat ins Wohnzimmer. Tatsächlich, in der Küche hörte ich sie rumoren. Ein Lächeln legte sich auf mein Gesicht, als ich um die Ecke schaute. »Hey, Mona, du bist ja da. Ich habe dich gar nicht gehört.«

»Ja, hey. Ich wollte dich nicht stören. Hast du schon gegessen? Ist gerade fertig geworden.«

Routiniert hantierte sie mit Pfanne, Besteck und Tellern, ohne mich anzusehen.

»Nein, aber ich brauche nichts«, sagte ich.

»Schade. Trinkst du ein Bier mit?«

Ich zögerte. War sie noch sauer? »Nein, danke.«

Sie warf mir einen missbilligenden Blick zu und rührte etwas energischer in der Pfanne herum. Jetzt war ich sicher. Sie war noch sauer.

»Mona, noch mal wegen der Sache mit meinen Eltern …«

»Hey, schon gut. Wir haben genug Zeit dafür. Dann lassen wir uns eben was anderes für Weihnachten und Neujahr einfallen.«

Ich schluckte.

Neujahr? Das Fest der Familie? Weihnachten wäre durchaus eine Möglichkeit. Das feierte man in Japan unter Freunden oder als Paar. Aber Silvester kehrte man nach Hause zu den Eltern, Großeltern, Geschwistern zurück. Andererseits wäre Mona dann ganz alleine. Über all das hatte ich mir noch gar keine Gedanken gemacht.

Sie füllte sich ihren Teller, ging an mir vorbei aus der Küche und setzte sich auf einen der Holzstühle am Esstisch. Ich griff in den Kühlschrank und holte doch zwei Bierflaschen heraus. Auf dem Weg ins Esszimmer beschloss ich, ehrlich mit ihr zu sein: »Neujahr wollte ich eigentlich bei meiner Familie sein.«

Das »ohne dich« wurde vom Klirren der zwei Bierflaschen und Gläser verschluckt, als ich sie auf den Esstisch stellte. Ich biss mir auf die Lippe und schämte mich, weil ich hoffte, sie hätte es nicht gehört.

Mona blickte mich einen Moment lang an und konzentrierte sich dann auf ihr Essen. Eine Weile hörte man nur die Stäbchen auf ihrem Teller.

Ich nahm ihr gegenüber Platz, öffnete die zwei Flaschen und versuchte, ihre Stimmung zu lesen. Sie kaute und schien sich ihre Worte genau zu überlegen. »Deine Familie ist ein Teil von dir. Ich will dich besser kennenlernen und mir würde es viel bedeuten, wenn ich zumindest einen kleinen Teil deiner Verwandten kennenlernen würde.«

»Ich habe deine Familie doch auch noch nicht kennengelernt«, wandte ich ein. Die Worte hätte ich am liebsten sofort wieder zurückgenommen.

»Ja, wie auch? Wir sind 9.000 Kilometer entfernt! Ich hab dir immerhin Fotos gezeigt.« Grimmig funkelte sie mich an.

»Das ist ja nicht dasselbe«, sagte ich kleinlaut.

»Natürlich nicht, aber ich kann die Entfernung nicht wegzaubern. Also vergleiche das nicht einfach so!«

Schweigend aß sie weiter. Sie atmete hörbar und kniff ihre Lippen zusammen.

Es gluckste in der Bierflasche, als ich uns eingoss. Ich seufzte und wagte mich einen Schritt weiter vor, über den ich den ganzen Tag nachgedacht hatte. »Also gut. Wenn es dir so wichtig ist, hätte ich eine Idee.«

Ich ließ eine Pause für das Schicksal. Vielleicht würde es mir ja in letzter Sekunde einen Wink zu geben, dass das alles doch keine gute Idee sei. Mona schaute mich mit ihren großen Augen erwartungsvoll an. Dagegen war ich machtlos.

»Mein Bruder will sich am Wochenende mit mir treffen, wir wollen essen gehen. Wenn du möchtest, könnte ich ihn fragen, ob du mitkommen kannst.«

»Dein Bruder?«

Der freudige Unterton in ihrer Stimme war nicht zu überhören.

»Kogoro. Er ist zwei Jahre jünger als ich.«

»Und du meinst wirklich«, begann sie zögerlich, »dass er das mit uns lockerer sieht?«

»Er ist zumindest ein sehr einfühlsamer Mensch und war immer auf meiner Seite.«

Sie nickte und schenkte mir ein erleichtertes Lächeln. »Das klingt toll, Ken.«

»Gut. Dann ist es abgemacht.«

Wir hoben unsere Gläser und ließen sie leise klirren.

Ich schaute ihr weiter beim Essen zu. Wie ihre schmalen, hellen Hände die Stäbchen zu ihrem Mund führten. Keine Falte zierte ihre glatte Haut. Ihre Wangen verschmolzen in meinem Kopf mit Yurikos klaren Gesichtszügen. Sie war so schön gewesen und ihr kleiner Mund formte stets ein kaum sichtbares Lächeln. Wenn sie meinen Blick spürte oder ich sie vorsichtig neckte, senkte sie die Augenlider und ein Zucken umspielte ihre Lippen. Als würde sie ein breites Grinsen unterdrücken müssen. Oft brach sie dann doch in lautes Lachen aus und zeigte für einen kurzen Moment ihre Zähne, nur um sie schnell mit der Hand zu verdecken. Eine bittersüße Erinnerung aus meiner Jugend. Manchmal wünschte ich mir die Zeit zurück, als wir jung gewesen waren und nach den Sternen gegriffen hatten.

Mona lachte viel häufiger und ungezwungener. Sie hielt sich nie die Hand vor den Mund, und sie hatte so ein wunderbar zerknülltes Gesicht beim Lachen.

Ich verstand es immer noch nicht. Warum sollte eine Mittzwanzigerin in einen alten Mann wie mich verliebt sein? In ihrem Gesicht lag eine süße Verheißung und ich hatte furchtbare Angst, dass diese Süße irgendwann bitter werden würde.

Eine Stunde später saßen wir auf dem Wohnzimmersofa und ließen den Tag ausklingen. Sie fragte unvermittelt: »Kannst du eigentlich das Stück aus *Okuribito* spielen?«

Überrascht schaute ich sie an. Hatte sie mich das wirklich noch nie spielen gehört? Ich konnte es in- und auswendig. Dankbar nickte ich ihr zu. Es war genau der richtige Moment für Musik. Ich holte das Cello aus dem Musikzimmer, zog einen Stuhl vom Esstisch näher heran und richtete mich ein. Mona kuschelte sich müde unter die Tagesdecke in der Sofaecke. Behutsam setzte ich den Bogen auf und begann das melancholische Stück. Ganz langsam fing es an und nahm schnell an Fahrt auf. Ehe ich mich versah, schwebte ich über den Ebenen von Yamagata, meiner Heimat, wiegte mich von einer zur anderen Seite, im Fluss mit dem Bogen. Die grünen Reisfelder und blauen Flussläufe rauschten unter mir dahin und ich konnte die kühle Waldluft riechen, schraubte mich in immer weitere Höhen. Wenn ich so in Gedanken durch die Lüfte meiner Heimat flog, fühlte ich Frieden. Gegen Ende des Stücks schwebten die Töne wieder ruhiger zur Erde, der Rhythmus wurde langsamer und schließlich verstummte die Melodie ganz.

Auf Monas Wangen sah ich Tränen.

Die plötzliche Stille nach dem letzten Ton fühlte sich schwer an. Ich legte das Cello beiseite und setzte mich zu Mona aufs Sofa.

Sie hatte sich mit dem Deckenzipfel über die Wangen gewischt und sah mich gerührt an. »So schön. Ich liebe das Stück. Es ist so traurig. Wie der ganze Film.«

Ich schwieg und ließ meinen Blick nachdenklich durchs Zimmer wandern. Ich dachte an den Frühling 2007. Sollte ich es ihr erzählen?

»Findest du nicht?« Sie richtete sich ein wenig auf.

»Doch, doch, ein wunderschöner Film.«

Ich strich über die Fasern der Decke.

»Was hast du denn?« Ihr unschuldiger Blick nahm mich gefangen. Sie atmete ruhig und schaute mich sanft an. Ihr Blick war offen, eine Einladung.

Ich räusperte mich und senkte den Kopf. »Es gibt etwas, das ich noch nie jemandem erzählt habe.«

Prüfend schaute ich sie an, aber ihre Haltung war unverändert. Beruhigend. Sorgsam formulierte ich die Worte eins nach dem anderen. »Ich war damals beim Casting, vor zwei Jahren. Für den Film, weißt du?«

Ihr Lächeln wurde etwas schmaler und ihre Augen weiteten sich.

»Sie haben mich abgelehnt.« Es tat weh, das auszusprechen.

»Aber warum? Du spielst doch so gut.« Endlich eine Reaktion.

Ich atmete ein und fasste Mut. »Wegen meines Alters.« Ich schaute ihr direkt in die Augen. »Ich durfte nicht einmal vorspielen, sie haben gleich gesagt, dass sie leider jemand Jüngeres suchen.«

Mona senkte mitfühlend den Kopf. »Das tut mir leid.« Traurig schaute sie mich an. »Da haben sie etwas verpasst.«

Ich lächelte erleichtert darüber, dass ich diese Erfahrung endlich einmal aussprechen konnte und Mona mich nicht für völlig anmaßend hielt, dass ich geglaubt hatte, in einem Kinofilm mitspielen zu können.

»Warum hast du das bisher niemandem erzählt?«

Ich wiegelte ab und lehnte mich im Sofa zurück. »Es ist doch peinlich, von Niederlagen zu erzählen.«

»Hm. Aber es kommt auch darauf an, wie man mit Niederlagen umgeht. Man kann sich seiner vermeintlichen Schwächen bewusst werden und es einfach als Erfahrung sehen.« Sie wirkte plötzlich wieder unbeschwert. »Ich versuche dann immer zu denken: Gut, wieder was gelernt. Dieser Weg ist es nicht.«

Sie spürte wohl, dass mich das nicht besonders aufmunterte, und legte ihre kleine Hand auf meinen Oberschenkel. »Hey. Sie hatten wahrscheinlich genaue Vorstellungen für die Rolle von Daigo. Nur weil sie dich abgelehnt haben, heißt das nicht, dass du nicht gut bist. Es heißt nur, dass sie andere Pläne für ihr Projekt hatten. Und das Schicksal hatte andere für dich.«

Ich nickte nachdenklich und ließ meinen Blick über ihr Gesicht wandern.

Sie fragte mit einem Lächeln: »Wäre es dir lieber gewesen, sie hätten dich abgelehnt, weil du schlecht Cello spielst?«

Ich lachte auf. »Wahrscheinlich nicht. Aber es tat trotzdem weh.«

»Ja, weil du empfindsam bist. Und das liebe ich an dir.«

Überrascht schaute ich sie an. Sie lehnte sich zu mir und gab mir einen Kuss.

Kapitel 4

– Mona –

Bis Sonntag konnte ich an nichts anderes mehr denken. Wie würde Kens Bruder sein? Ob er und Ken sich sehr ähnlich waren? Wie groß war er, wie sah er aus? Interessierte er sich auch für Musik? Ich hatte Ken ein bisschen ausgefragt, aber er ließ sich nur wenige Informationen entlocken. Er sagte, ich solle mich gedulden und die Vorfreude genießen.

Brachte man ein Geschenk mit bei so einem Treffen oder wäre das komisch? Ken hatte mir erzählt, dass Kogoro früher eine Verlobte hatte, dass sich die beiden aber während der Planung der Hochzeit getrennt hätten. Die Gründe hatte Ken selbst nie so richtig erfahren und Kogoro sei seitdem die meiste Zeit eher still und in sich gekehrt.

Dann sollte ich aus Rücksicht vielleicht nicht so auffällig vor ihm herumtänzeln und ihm mein Glück mit Ken nicht zu sehr unter die Nase reiben. Ja, ich würde mich lieber bescheiden und ruhig an Kens Seite halten und eine brave Freundin sein, wie sie in Japan bevorzugt wurde. Nur was sollte ich anziehen?

»Etwas ganz Normales«, sagte Ken. »Jeans und vielleicht den schwarzen Pullover mit den …«

»Kein Schwarz«, protestierte ich. »Es reicht, wenn du immer Schwarz trägst.«

Ich entschied mich für ein fröhliches Hellblau mit dunkelblauer Strickjacke. Es wurde kühler in Tokyo, vor allem abends.

»In welches Restaurant gehen wir eigentlich?«, wollte ich wissen.

»Das habe ich Kogoro überlassen, er meinte irgendetwas von einem beliebten Restaurant in Shibuya, *Yamamoto-Burger* oder so. Burger wären nicht gerade meine erste Wahl gewesen, aber wir können ihm vertrauen, er hat da einen guten Geschmack.«

»Etwa *Ore no Hamburg Yamamoto*? Das wäre ja super, das ist mein Lieblingsrestaurant!«

»Dir fallen ja gleich die Augen aus dem Kopf! Du kennst es?«

»Ja, ich war schon hundertmal dort. Ach, hoffentlich meint er das.«

»Lassen wir uns überraschen, hm?«

Immer öfter sah ich Ken unruhig auf und ab gehen, angespannt ein- und ausatmen oder mit dem Finger gedankenverloren auf den Tisch trommeln. Mehr schlecht als recht versuchte er zu verbergen, dass es für ihn wirklich eine große Sache war, und erstaunt stellte ich fest, dass mir das erst jetzt so richtig bewusst wurde. Ich hatte das Thema die ganze Zeit nur aus meiner Sicht betrachtet und gar nicht versucht, mich wirklich in ihn hineinzuversetzen. Rückblickend tat es mir leid, dass ich ihm Vorwürfe gemacht hatte.

Dass er so angespannt war, fütterte allerdings auch meine Nervosität. Einmal sprachen wir darüber, ob ich auf irgendetwas achten müsse oder bestimmte Dinge lieber nicht erwähnen sollte. Ken versuchte, mir die Angst zu nehmen und mich zu beruhigen. Ich solle einfach ich selbst sein, dann könne Kogoro gar nicht anders, als mir zu verfallen, sagte er augenzwinkernd.

Als der Sonntagabend endlich da war und wir uns auf den Weg nach Shibuya machten, war Ken die Anspannung deutlich anzusehen. Ich versuchte, ihn zu beruhigen, aber es gelang mir nicht. Im Gegenteil. Wir wurden beide immer nervöser.

Ken hatte dem Taxifahrer die Adresse genannt, die Kogoro ihm geschickt hatte, und als wir uns tatsächlich dem *Ore no Hamburg Yamamoto* näherten, konnte ich meine Begeisterung nicht unterdrücken. Kogoro war mir schon jetzt sympathisch. Ken grinste angespannt, als er die Vorfreude in meinem Gesicht sah.

Wir waren etwas zu früh da und wurden zu unseren reservierten Plätzen geführt. Ich würde wie immer ein

Hamburger-Gratin bestellen und empfahl das auch Ken, der durch die Speisekarte blätterte. Dann entschuldigte ich mich und verschwand noch einmal kurz auf der Toilette, bevor Kogoro eintraf. Im Badezimmerspiegel inspizierte ich meine leicht geröteten Wangen. Ich sollte auf keinen Fall Alkohol trinken, sonst würde mein Gesicht bald wie eine Tomate aussehen.

Als ich mich wieder unserer Sitzecke näherte, ließ mich ein kleiner Schreck zusammenfahren. Ken gegenüber saß ein breiter Mann im grauen Anzug. Ich konnte nur seinen Rücken sehen und seine kurzen Haare. Das musste sein Bruder sein. Ich setzte ein freundliches Lächeln auf und trat zu Ken. Sein Gesicht erstarrte und er schien schlagartig blass zu werden.

»Hallo, ich bin Mona«, sagte ich zu unserem Gast. »Es freut mich, Sie kennenzulernen.«

Kogoro lehnte sich vom Tisch zurück, auf dem er eben noch seine kräftigen Ellenbogen aufgestützt hatte, und lächelte wohlwollend. »Sehr angenehm, Mona. Ich bin Kogoro, Kens jüngerer Bruder.« Er deutete mit dem Kopf eine leichte Verbeugung an.

Ken war ruckartig aufgesprungen. »Komm, setz dich!«, sagte er, trat aus der Sitzbank heraus und machte mir Platz. »Ich habe Kogoro schon alles über dich erzählt.«

Etwas enttäuscht schob ich mich auf meinen Platz und ermahnte mich, nicht zu voreilig zu sein. Ich hatte mir doch vorgenommen, Ken das Reden zu überlassen und erst einmal nur zuzuhören.

»Ja, du kommst also aus Deutschland?«, fragte Kogoro mit sanfter, tiefer Stimme.

»Genau«, sagte ich und schaute zu Ken.

»Und wie habt ihr euch kennengelernt?«

»Sie, äh … weißt du … Mona ist … tatsächlich Musikstudentin«, platzte es aus Ken heraus. »Du weißt ja, Deutschland hat klassischen Musik eine große Tradition und lange Geschichte. Wir haben uns auf einem Konzert kennengelernt.«

»Ach, spielst du auch Cello?«, fragte Kogoro mich.

»Ja!«, antwortete Ken und mir lief ein Schauer über den Rücken. Er schluckte schwer. »Deshalb … haben wir uns ein wenig ausgetauscht, über Musiktechniken. Jazz-Cello ist in Deutschland nicht so verbreitet und …« Ken schienen die Worte auszugehen, sein Blick wanderte unruhig hin und her. »… Mona wollte eine Hausarbeit dazu schreiben.«

»Schön, und an welcher Uni bist du, an der Universität der Künste hier in Tokyo?« Kogoro schien aufrichtig interessiert und Ken sah mich bittend an.

»Nein«, sagte ich mit fester Stimme. »An der Uni Bonn. Ich forsche hier zu meiner Abschlussarbeit. Die

Rezeption klassischer Musik in Japan ist in Europa sehr bekannt und ein beliebtes Forschungsfeld.«

Um Kens Spiel mitzuspielen, dachte ich mir einfach irgendetwas aus. Mein Fach war weit entfernt von Musikwissenschaften. Kogoro schaute aufmerksam zwischen Ken und mir hin und her.

»Ja, und …« Ken suchte nach Worten. »Ich dachte, du würdest Mona vielleicht gern kennenlernen. Du hast doch erzählt, dass ihr demnächst auch geschäftliche Beziehungen nach Deutschland aufbauen wollt.« Kens Zeigefinger malte kleine Kreise auf den Tisch, ohne dass er hinschaute. »Vielleicht kann sie dir ja ein paar Fragen beantworten.«

»Ah, verstehe«, sagte Kogoro und blickte von Kens Finger auf und ihm direkt ins Gesicht. »Dann könnte sie mir vielleicht auch ein wenig Deutsch beibringen.«

An mich gewandt fragte er: »Oder, was meinst du? Wenn es dir nichts ausmacht und deine Zeit es zulässt, könnte ich dich vielleicht mal in unser Büro einladen und einen kleinen Deutschkurs bei dir belegen. Wir würden natürlich dafür bezahlen. Ich habe einige Kollegen, die sich für Deutschland interessieren.«

Für einen Moment spürte ich meinen wummernden Herzschlag und die knisternde Stille an unserem Tisch.

»Ja … das …« Ich blickte unsicher zwischen Ken und Korogo hin und her. »Das könnte ich bestimmt machen, oder was meinst du, Ken?«

»S… sicher, na klar«, stotterte Ken und richtete sich betont lässig auf.

»Prima! Dann freue ich mich darauf«, sagte Kogoro mit einem Siegerlächeln, das ich mir nicht ganz erklären konnte.

»Haben Sie schon gewählt?« Der Kellner riss uns aus unseren Gedanken und erleichtert beugten wir uns über die Speisekarten.

Nachdem wir bestellt hatten, entschuldigte sich Kogoro und ging vor die Tür, um zu rauchen. Ken nickte und schaute ihm hinterher, als er das Lokal verließ.

»Ken! Was soll das?«, zischte ich und er schreckte ein wenig zusammen. »Warum sagst du es ihm nicht? Deswegen sind wir doch hier!«

Sein Gehirn schien sehr langsam zu arbeiten. »Es tut mir leid. Ich dachte, er hätte mit dem Rauchen aufgehört.«

»Was? Wieso soll ich ihm denn Unterricht geben? Das macht doch alles keinen Sinn! Wir wollten ihm doch sagen, dass wir ein Paar sind.«

Er wand sich und vermied es, mir in die Augen zu sehen. »Das machen wir ja auch noch. Er wollte eben erst mal wissen, was du beruflich machst.«

»Wollte er gar nicht!« Die Blicke der Tischnachbarn richteten sich auf uns und ich bemühte mich, wieder leiser zu sprechen. »Du hast ihm einfach irgendeine Lüge aufgetischt.«

»Ist ja gut, wir sagen es ihm ja noch. Lass uns erst mal auf das Essen warten, ja? Die Leute gucken schon.«

Ich konnte meine Wut kaum verbergen. »Wenn das wieder so eine Nummer wird wie bei deinen Eltern …«

Kogoro kam wieder herein und ich konnte den Satz nicht beenden. Er rieb sich die Hände, als er sich wieder zu uns setzte. »Kalt draußen.« Seine Augen leuchteten. »Ich habe gesehen, es gibt heute mit Käse gefüllte Hamburger im Angebot. Ich glaube, das bestelle ich mir auch noch. Das kann man ja notfalls mitnehmen.«

Ken lächelte gezwungen und mein Kichern klang eher gequält als amüsiert. Wie ein Spürhund ließ Kogoro seine Blicke zwischen Ken und mir hin- und herwandern. »Oder bist du Vegetarierin, Mona?«

Er hatte wohl nicht mitbekommen, dass ich mir ebenfalls Hamburger bestellt hatte, aber ich war trotzdem dankbar für das neue Gesprächsthema. Über Essen konnte man ewig reden.

– Ken –

»Das kann doch nicht dein Ernst sein! Willst du mich verarschen?« Mona knallte die Tür des Taxis hinter sich zu und griff ruppig nach dem Anschnallgurt. So derbe Worte hatte ich noch nie von ihr gehört.

»Bitte, können wir das zu Hause klären? Das ist hier wirklich nicht der richtige Ort.«

»Nicht der richtige Ort, ja?« Sie rammte die glänzende Zunge des Gurtes mehrmals erfolglos ins Gurtschloss, ehe sie endlich einrastete. »Nicht der richtige Ort, nicht die richtige Zeit. Vielleicht bin ich auch nicht die richtige Frau, hast du mal darüber nachgedacht?«

Ich versuchte, ihr beruhigend eine Hand auf den Oberarm zu legen, aber sie schlug sie weg und funkelte mich böse an. Der Blick des Taxifahrers traf mich im Rückspiegel.

»Mona, ich weiß, das lief nicht wie geplant, und es tut mir leid. Aber lass uns das bitte zu Hause klären. Das ist peinlich.«

»Es gibt kein Zuhause mehr«, sagte sie eiskalt und starrte geradeaus auf die Rückenlehne des Fahrers. Gänsehaut kroch mir in den Nacken.

»Verzeihen Sie, wenn es Ihnen nichts ausmacht«, begann der Fahrer, »ich bräuchte eine Adresse …«

»Tsubaki-Cho 2-311, bitte«, sagte Mona, bevor ich antworten konnte. »Ich gehe heute zu Janine.« Sie starrte mit wütender Miene geradeaus.

»Mona«, versuchte ich sie zu besänftigen, »bitte lass uns doch wie erwachsene Menschen darüber reden. Ich habe einfach Panik gekriegt.«

Zornesfalten bildeten sich auf ihrer Stirn und ihre Stimme überschlug sich für einen kurzen Moment. »Ich *bin* erwachsen, aber das ist dir anscheinend nicht klar. Du behandelst mich wie ein Kind, das sich mit kleinen Entschuldigungen abspeisen lässt, wenn du mal wieder Panik bekommen hast. Sorry, aber ich muss jetzt erst mal für mich sein.« Sie hielt inne und warf mir einen kurzen, tieftraurigen Blick zu. »Und du vielleicht auch.«

Dann starrte sie wieder stur geradeaus. Ich griff ihre Hand auf dem Polster der Rückbank, aber sie zog sie weg. Peinlich berührt warf ich einen kurzen Blick nach vorne auf den Fahrer, der scheinbar unbeteiligt auf den Verkehr achtete. Ratlos wandte ich den Kopf ab und schaute aus dem Fenster.

Das nächtliche Tokyo zog vorbei, Leuchtreklamen, Pärchen und Freundesgruppen. Es war kaum leerer als an einem Samstag und das Taxi kam nur langsam voran. So hatte ich mir das nicht vorgestellt. Ich wollte Mona nicht wehtun, aber ich hatte nicht den Mut, Kogoro die

Wahrheit zu sagen. Warum nicht? War das ein Zeichen, dass das nicht der richtige Weg war?

Vielleicht sollten wir wirklich alles überdenken. Ich hatte schon einmal eine Frau verloren, ich durfte denselben Fehler nicht wiederholen.

Ihr junges Alter und ihre Ungeduld versetzten mich manchmal in Euphorie und manchmal in eine seltsame Unruhe. Würde ich mit ihr mithalten können? Oder würde sie mir mit ihrer Neugier auf die Welt und ihrer Energie davonlaufen? Ich sah uns durchs Gebirge wandern und sie leichtfüßig über einen Abhang springen, der für mich ein unüberwindbarer Schlund war. Wenn ich mir unseren Altersunterschied bewusst machte, überkam mich die Angst, zurückgelassen zu werden. Sie war jung, mutig und voller Energie. Vielleicht würde ich ihr irgendwann ein Klotz am Bein sein. Mona schien nicht zu wissen und auch nicht wissen zu wollen, worauf sie sich einließ. Aber wie sollte ich ihr das verständlich machen?

Ich wollte ihr die schmerzliche Erkenntnis ersparen, dass der Umgang mit meiner seltsamen Familie sie womöglich immer wieder verletzen würde. Dass manche kulturellen Unterschiede für immer unvereinbar blieben und dass sie sich möglicherweise für den falschen Mann entschieden hatte. Der Gedanke daran, dass sie in ein paar Jahren erkennen würde, dass ich ihr nicht das Leben bieten konnte, das sie sich erträumte, ließ mich vor Angst erzittern. Die Aussicht auf eine so unangenehme Wahrheit wollte ich im Keim ersticken. Ich durfte Mona nicht noch mehr verletzen.

Dass sie bereits verletzt war, wurde durch das eisige Schweigen im Taxi nur umso deutlicher. Der Fahrer dachte sich sicher seinen Teil. Ob er solche Szenen oft erlebte?

Als er schließlich in einem ruhigen Wohnviertel vor der genannten Adresse hielt, warf ich ihm das Geld beinahe nach vorne, noch bevor Mona ihr Portemonnaie zücken konnte. Das durfte ich mir nicht nehmen lassen. Es kam nicht infrage, dass sie auch noch für diese peinliche Aktion bezahlte.

Sie bedachte mich mit einem kurzen, betretenen Blick und öffnete ruckartig die Tür. Ich bat den Fahrer, einen Moment zu warten, und sprang auf meiner Seite des Wagens auf den Bordstein. Hier gab es keine Leuchtreklamen und keine Passanten. Niemanden, der uns beobachtete.

»Mona, warte! Nur eine Sekunde!«

Ich hielt sie am Arm fest und ließ erst los, als sie nachgab und sich zu mir umdrehte. Ihre Augen schauten mich erschöpft an, als warteten sie auf etwas.

»Ich bin nur ein stinknormaler alter Mann, der sich daran gewöhnt hat, klein und unscheinbar zu leben.

Abgesehen von meiner Musik will ich kein Aufsehen erregen. Das gilt auch in meiner Familie. Und du bist so voller Energie, es erschreckt mich beinahe, wenn du so fest an etwas glaubst und es den Menschen direkt ins Gesicht sagen willst.«

Sie schien darauf nichts erwidern zu wollen. Warum wirkte sie in all ihren Entscheidungen nur so sicher, während ich in Gedanken mit mir selbst diskutierte? Ich wollte meine Zweifel mit ihr teilen, wollte wissen, ob sie auch so zerrissen war und mir die Entschlossenheit nur vorspielte. Die Straße war leergefegt, also wagte ich es und versuchte, die richtigen Worte zu finden.

»Manchmal, wenn ich so darüber nachdenke, frage ich mich, was du eigentlich an mir findest.« Ich fühlte mich wie in meine Teenagerzeit zurückversetzt, die Stimme versagte mir beinahe. »Warum du sagst, dass du in mich verliebt bist.«

»Braucht man zum Verlieben denn unbedingt einen Grund?«

Wie unbeirrt sie dastand und antwortete, als hätte sie gewusst, dass ich sie danach fragen würde.

»Unter Gleichaltrigen vielleicht nicht, aber bei uns wäre das schon angebracht, oder nicht? Ich bin ein älterer Mann, der ein bisschen Cello spielt. Was ist daran toll?«

Sie schüttelte leicht den Kopf und ich hörte ein Flehen in ihrer Stimme. »Aber die sind nicht so wie du, nicht so erfahren und nicht so leidenschaftlich.«

Ich winkte ab, weil ich das Gefühl hatte, dass sie dem Kern der Sache auswich. »Ach, was weißt du denn schon über mich?«

»Das ist es ja!«, entfuhr es ihr. »Ich weiß fast nichts über dich und deshalb versuche ich, dich und deine Familie besser kennenzulernen!«

»Tut mir leid, so meinte ich das nicht. Aber ich bin wirklich nichts Besonderes. Außer dem Cello mache ich alles irgendwie nur halbherzig und auch mit Frauen komme ich einfach nicht so gut klar ... wie du siehst. Ich bin kein so gestandener Mann, wie du es dir vielleicht vorstellst.«

»Jetzt behandelst du mich wieder wie ein Kind.«

Ich seufzte. »Ich sagte ja, ich bin nicht gut in solchen Beziehungsdingen. Ich sage immer das Falsche und verletze die Menschen, die ich am wenigsten verletzen will.«

Sie zog die blaue Strickjacke vor ihrer Brust fester zusammen. »Weil du Hoffnungen in mir geweckt hast. Ich hatte mich auf den Abend gefreut! Ich dachte, endlich können wir wenigstens vor einer Person zueinanderstehen und mit dem Versteckspiel aufhören. Ihr seid doch eine Familie.«

»Mona, du stellst dir das so einfach vor. Ich bin einundfünfzig, wir könnten Vater und Tochter sein.«

»Könnten wir nicht!«, schrie sie beinahe. »Du bist immer noch Japaner und ich nicht. Wir sehen uns überhaupt nicht ähnlich!«

»Dann könnten die Leute denken, ich bezahle dich für gewisse Dienste!«

»Dann lägen sie eben falsch! Was kümmert dich das? Du warst dir dieser Dinge doch auch bewusst, bevor wir zusammengekommen sind. Warum hast du mich dann überhaupt am Flughafen aufgehalten?«

»Schön, ja, wenn du es unbedingt hören willst, vielleicht war das ein Fehler.«

»Ja, vielleicht!«

Wir funkelten uns wütend an. Unsere Worte schwebten zum Nachthimmel hinauf und ließen uns erschrocken zurück. Hatten wir das gerade wirklich gesagt? Eine streunende Katze hüpfte zwischen unseren Beinen hindurch.

Mona wandte sich abrupt um.

»Ich gehe jetzt«, sagte sie und stapfte davon.

»Meld dich bitte bei mir und lass uns noch mal in Ruhe reden!«, rief ich ihr nach und schämte mich im selben Augenblick.

Ach, geh nach Hause, alter Mann.

– Mona –

Der warme Kakao duftete nach Heimat, als sein Dampf von der Tasse aufstieg und durch das Zimmer waberte, vorbei an den K-Pop-Postern an Janines Wand. Sie saß neben mir auf ihrem schmalen Sofa, hatte einen Arm um mich gelegt und betrachtete gedankenverloren die zerknüllten Taschentücher auf dem niedrigen Holztisch. Die Tasse wärmte meine Hände.

»Was willst du jetzt machen?«, fragte sie.
»Weiß ich nicht. Ich muss erst mal nachdenken.«
»Meinst du, du kannst schlafen?«
»Denke schon. Ich bin eigentlich ziemlich kaputt.«
»Okay.«
»Danke noch mal, dass ich hier übernachten darf.«
»Ist doch selbstverständlich. Wir haben eh den gleichen Arbeitsweg, den machen wir uns morgen so richtig schön, holen noch einen Kaffee unterwegs und ich zeig dir den Bäcker, von dem ich dir so oft erzählt hab.«

Sie rieb mir aufmunternd über den Rücken. »Das wird schon wieder.«
»Und wenn nicht?« Ich seufzte.
»Schlaf jetzt. Wir müssen früh raus, morgen ist Großputz. Und die neue Kollegin kommt.«
»Ach, das hab ich total vergessen. Mist!«

»Das wird cool, glaub mir. Wir melden uns einfach mit Yumi für die Bibliothek und machen uns da fancy Musik an.«

»Aber nicht wieder nur K-Pop.«

»Nein, diesmal auch Ozzy Osbourne oder irgendein anderes Gitarrengeschrammel, nur für dich«, sagte sie augenzwinkernd. »Gute Nacht.«

Janine ging in ihr Schlafzimmer und ich lehnte mich mit dem Kakao in der Hand in die Sofakissen, drapierte die Decken um mich und seufzte.

Ich konnte nur schwer einschlafen. Das Kissen war ungewohnt, meine Gedanken kreisten um Ken und ich saß immer wieder senkrecht im Bett, weil sich die Katzen auf der Straße anfauchten.

War Ken schon zu Hause oder ließ er sich in einer Bar volllaufen? Hatte er überhaupt jemals vorgehabt, Kogoro reinen Wein über uns einzuschenken? Oder war es wirklich nur eine Kurzschlussreaktion gewesen? Immerhin wusste ich nicht, was die beiden miteinander besprochen hatten, bevor ich zu ihnen gestoßen war.

Während wir aßen, hatte ich die beiden Brüder reden lassen. Sie unterhielten sich über gemeinsame Bekannte und über ihre Geschäfte. Nur einmal wandte sich Kogoro an mich, um mit mir Handynummern zu tauschen. Aber zu dem Treffen und der kleinen Deutschstunde, die er vorschlug, würde es sicher nicht kommen. Das kannte ich bereits von anderen Begegnungen mit Japanern oder Japanerinnen. Und selbst wenn Kogoro mich kontaktierte ... Nach dem heutigen Abend müsste ich mich mit Ken absprechen, ob ich wirklich zusagen oder vielleicht besser eine Ausrede vorschieben sollte. Denn offensichtlich hatte er seinen eigenen Plan, was Kogoro über mich wissen sollte.

Ach, Ken. Ich hatte keinen Schimmer, wie er sich die weitere Zukunft ausmalte und welche Rolle ich darin spielte. Ich vermisse ihn. Wäre er doch nur bei mir und würde mir mehr von sich erzählen. Mehr von uns. Ich rief mir die Melodie von *Song around the Stars* ins Gedächtnis und stellte mir vor, Ken würde es für mich spielen. Mit Gedanken an ihn drückte ich mein Kissen zurecht und schlief schließlich irgendwann ein.

– Mona –

Der Schlag, den ich dem Drucker versetzte, tat meiner Hand sicher mehr weh als ihm und ich rieb sie mir mit schmerzverzerrtem Gesicht.

»Vielleicht einfach nicht so auf den armen Kerl einhämmern«, riet mir eine Stimme.

»Was?« Ich schreckte hoch.

»Zeigt er keine Fehlermeldung an?«, fragte der junge Mann neben mir und wies auf das Display des Druckers.

»Äh, doch. Ach so, kein Papier.«

Unbeholfen lächelte ich Mr. Blondschopf an. Ich hatte ihn noch nie hier gesehen.

»Ich bin Fabian. Ich fange nächste Woche hier an und der Direktor hat mir gerade gesagt, ich kann mich ruhig überall umsehen. Ihr habt heute Großputz, hab ich gehört.«

Sein sympathisches Grinsen fegte mein Gehirn leer.

»Ja. Hi, ich bin Mona.« Gut. Nächster Satz. »Ich drucke Arbeitsblätter für nächste Woche aus. Du bist nicht zufällig bei Herrn Schneider eingeteilt?«

»Doch, bin ich.«

»Ja, super, dann sind die wohl für dich. Hab mich schon gewundert, dass das dringend heute erledigt werden muss, obwohl eigentlich Putzen auf dem Programm steht.«

»*Wenn* du Papier einlegst«, betonte Fabian mit einem Nicken in Richtung Papierfach. Sein blonder Bart stand etwas struppig vom Kinn ab.

»Richtig. Sorry, montags bin ich um die Zeit noch nicht ganz wach. Also sieh dich vielleicht lieber bei meinen Kollegen um. Janine putzt gerade die Bibliothek und die anderen sind unten.«

»Alles klar, dann schau ich mich mal um. Danke dir … Mona? Mona. Wir sehen uns.«

Ich nickte und wandte mich möglichst fokussiert dem Drucker zu. *Ich drucke Arbeitsblätter aus.* Konnte man sich noch dümmer vorstellen?

»Wer war das?« Janine lugte aus der Bibliothekstür zu mir herüber.

»Unsere neue Kollegin ist wohl ein Kollege. Fabian heißt er.«

»Oh!« Ihre Augen glitzerten. »Na, immerhin mal jemand Junges. Hoffentlich kommt er zu mir.«

»Nein, er ist in der Grundstufe bei Herrn Schneider, meinte er.«

»Och Mann.« Janine warf den Lappen, den sie in der Hand hatte, Richtung Wassereimer.

»Du wirst ihn schon noch kennenlernen«, beschwichtigte ich sie. »Komm, ich helf dir bei den Regalen. Teamwork, Disziplin und Wertschätzung, weißt du noch?«

Sie grinste bei dem Gedanken an die Einweisung, die wir zum Thema Großputz bekommen hatten. Schon kleine Kinder putzten in Japans Grundschulen ab und zu ihr Schulgebäude. Es galt als Ausdruck von Respekt und Wertschätzung gegenüber den materiellen Dingen und dem Ort, an dem sie lernten und Freunde finden konnten.

Als wir uns in der Mittagspause ins Treppenhaus drängten, band sie Yumi die Neuigkeit sofort auf die Nase. »Hast du schon gehört? Wir haben einen Neuen, einen blonden Hipster. Faaabiaaan.« Janine zog die Vokale quäkend in die Länge.

»Ach, habt ihr ihn schon kennengelernt?«, fragte Yumi gut gelaunt zurück.

»Ja, wieso? Kennst du ihn?«

»Klar! Ich hab ihm den Job vermittelt.«

»Was? Aber …« Janine blieb am unteren Ende der Treppe stehen und ich lief beinahe in sie hinein.

»Fabian ist in meinem Fotokurs. Aber wenn ihr euch schon kennt, brauche ich euch ja nicht mehr vorzustellen. Er kommt mit zum Mittagessen, das ist doch okay, oder?«

Yumi öffnete die Eingangstür und tatsächlich: Draußen stand Fabian und ging ihr freudig entgegen, als er sie kommen sah.

Janine blinzelte überrascht und ich nutzte die Gelegenheit, sie zu piesacken. »Du bist nicht auf der Höhe, meine Liebe. Sogar eine verlobte Japanerin schnappt dir jetzt schon die deutschen Männer weg.«

»Das wollen wir erst mal sehen«, sagte Janine und zog mich am Arm nach draußen.

Es war merklich kühler geworden, also bestellten wir alle eine warme Ramen-Suppe. Die ersten Weihnachtsmenüs standen auf der Karte und auf unserem Tisch zierte ein hölzernes Rentier den Serviettenspender.

»Und wie lange bist du schon in Japan?«, fragte Fabian mit halbvollem Mund.

»Vier Jahre«, sagte Janine, »davor war ich in Busan in Korea.«

»Cool. Und nehmt ihr Japanisch-Unterricht?«, fragte Fabian.

»Ich ja«, sagte Janine. »Muss ich auch, wir reden ja am Goethe fast nur Deutsch, da verlerne ich alles.«

Fabian nickte. »Und du, Mona?«

»Äh, ich? Ich … nicht so richtig …«

»Du hast doch da diesen Debattierclub«, warf Janine ein.

»Es ist ein Lesezirkel. An einer Abendschule. Wir lesen leichte Romane auf Japanisch und reden darüber.«

»Ah, klingt cool, das versuche ich auch manchmal. Nehmt ihr noch Mitglieder auf? Ich würde gern mal mit dir hingehen.«

»Oh, da musst du erst ihren F…«, begann Janine und ich grätschte dazwischen: »Klar, wieso nicht? Der ist immer freitags um 19 Uhr.« Ich rührte in meiner Suppe und spürte Janines überraschten Blick. Warum wollte ich nicht, dass Fabian von Ken erfuhr?

»Ach, schade, da haben wir den Fotografie-Kurs.« Er wandte sich Yumi zu. »Hast du die Wochenaufgabe schon gemacht?«

»Nein«, sagte Yumi, »ich war immer noch so mit dem Kleid und den Schuhen beschäftigt. Ich hoffe, ich kann das im Laufe der Woche nachholen.«

»Ach, stimmt ja. Hast du dich jetzt entschieden?«

»Ja, soll ich es dir zeigen? Warte …«

Während sich die beiden über die Fotos beugten, wechselten Janine und ich ein paar Blicke. Sie formte mit dem Mund ein lautloses »Sorry« und ich nickte ihr zu.

Später auf dem Heimweg, als wir zu zweit Richtung U-Bahn liefen, kam sie wieder darauf zu sprechen.

»Sorry noch mal. Ich weiß auch nicht, warum ich unbedingt ausposaunen wollte, dass du einen Freund hast. Noch dazu, wo es gerade nicht so gut läuft bei euch.«

»Du pendelst immer zwischen der sensiblen und der taktlosen Janine hin und her, das ist unglaublich. Wenn du einmal deine Beute ins Auge gefasst hast, dann boxt du alle potenziellen Konkurrentinnen weg, was?«

»Tut mir echt leid.«

»Außerdem stimmt es nicht mehr. Ken hat mir vorhin geschrieben.«

»Oh ... was Gutes?«

»Na ja, Entschuldigungen und *Lass uns noch mal reden* und so.«

»Dann will er wohl reinen Tisch machen.«

»Ja, ich denke, ich gehe morgen nach der Arbeit wieder zu ihm. Kann ich heute noch mal bei dir bleiben?«

»Na klar. Wir kochen uns was Tolles und machen einen Schlachtplan, ja?«

»Okay!« Ich schlug in ihre erhobene Hand ein und erschreckte damit einen älteren Japaner, der uns gerade entgegenkam.

– Mona –

»Au! Heiß!« Reflexartig schüttelte ich die glühenden Kaffeespritzer von meiner Hand und verbeugte mich Entschuldigungen murmelnd vor der Passantin, in die ich am U-Bahn-Ausgang hineingerannt war. Zum Glück hatte der Kaffee ihren weißen Mantel verfehlt. Die braune Pfütze auf den Fußbodenkacheln verriet, dass in meinem Becher nur noch ein kläglicher Rest übrig sein konnte. Ich seufzte und atmete geräuschvoll aus.

Janine schaute mich mitleidig an. »Du bist ja ganz fahrig. Noch müde oder so nervös wegen nachher?«

»Ich weiß auch nicht, ich frage mich die ganze Zeit, wie der Abend wohl wird. Ob Ken sauer ist oder eher versöhnlich. Oder ob er dem Gespräch wieder nur ausweicht.«

Mein Schal war verrutscht und sie legte mir das eine Ende wieder über die Schulter. Dann hakte sie sich bei mir ein. »Na, komm, ganz langsam. Wir haben's ja gleich geschafft und dann lenkt dich die Arbeit ein bisschen ab.«

Bei unserer Ankunft im Goethe-Institut wirkte alles viel aufgeräumter. Die Papierkörbe im Lehrerzimmer waren geleert, aller Kram, der sich angesammelt hatte, war verschwunden und die Regale und Tische blitzten.

»Mona, kommst du mal? Da ist Besuch für dich.«

»Ach so, wer denn?«

Als ich um die Ecke bog und auf den Flur hinaustrat, stand Kogoro vor mir. Die Sekretärin wies mit der Hand auf ihn.

»Das ist Herr Katsumoto. Er sagt, ihr kennt euch.«

»Ja, vielen Dank«, antwortete Kogoro und seine sonore Stimme rollte genüsslich den Flurteppich entlang. Die Sekretärin nickte und stöckelte davon.

»Kogoro! Das ist ja eine Überraschung …«

Er hatte mir nicht geschrieben und mich auch nicht angerufen. Dass er mit einem Mal hier vor mir stand, verunsicherte mich. Er sah etwas blass um die Nase aus. Hatten Ken und ich ihm gesagt, wo ich arbeitete? Oder schlimmer noch …

»Geht es Ken gut?« Mein Herz setzte für einen kurzen Moment aus.

»Jaja, alles gut. Bitte entschuldige, dass ich einfach so hier auftauche. Ich hätte mich vorher bei dir melden müssen. Störe ich gerade? Das wäre mir unangenehm.«

»Nein, du störst nicht, überhaupt nicht. Ich hab erst in einer halben Stunde Unterricht. Was möchtest du denn besprechen?«

»Wenn das so ist, kann ich dich vielleicht noch auf einen Kaffee einladen? Ich habe gesehen, dass es im Erdgeschoss ein Café gibt.«

Ich dachte an den ersten Kaffee heute Vormittag, von dem ich kaum etwas gehabt hatte. »Warum nicht?«

Ich war neugierig, aber auch ein wenig besorgt, warum Kogoro hier war. Wollte er sich zum Unterricht anmelden? Aber ich ließ mich gern von ihm zum Kaffee ausführen.

»Mit Milch und Zucker?«, fragte Kogoro.

»Nur Milch, bitte.«

»Gut.«

Wir setzten uns mit unseren Tassen direkt an den nächstbesten Tisch neben der Theke.

»Verzeih, dass ich gleich zur Sache komme«, begann Kogoro, »aber ich wollte dich fragen, ob das Angebot, mir ein wenig über Deutschland zu verraten, möglicherweise noch steht. Ich verstehe, dass es für dich umständlich sein könnte, in meine Firma zu kommen. Deshalb dachte ich, vielleicht genügt es erst einmal, wenn wir uns nur zu zweit austauschen und überlegen, wie wir so einen Kurs aufziehen könnten. Wir sollten vorher einfach ein paar Fragen klären.

Natürlich nur, wenn du nichts dagegen hast und es sich mit deinem Zeitplan vereinbaren lässt.«

Kogoros schwarzer Anzug glänzte und schien frisch gebügelt zu sein. Ein wahrer Geschäftsmann.

»Gar kein Problem, ich freue mich, wenn ich helfen kann. Ich weiß zwar nicht, ob ich wirklich von Nutzen bin, aber ich gebe mein Bestes. Frag ruhig, was immer du wissen möchtest.«

»Das ist schön, vielen Dank für deine Bereitschaft. Vorher wollte ich noch kurz ein anderes Thema ansprechen und zwar würde mich interessieren, ob der Kontakt, den du mit Ken pflegst, rein beruflicher Natur ist.«

Was? Das kam unerwartet und ich konnte einen schockierten Gesichtsausdruck nicht unterdrücken. Es war ungewöhnlich, dass ein Japaner so etwas Direktes fragte, aber auch das kannte ich bereits von Ken.

»Das … kommt jetzt etwas plötzlich …«, stammelte ich.

»Keine Sorge, du hast nichts zu befürchten. Ich möchte mich nicht in eure Angelegenheiten einmischen, ich möchte nur wissen, ob ich mit meiner Vermutung richtig liege. Wenn du mich fragst, war Ken am Wochenende nicht er selbst. Er war unruhig und konnte mir nicht in die Augen sehen. So etwas kenne ich nicht von ihm.«

Er hustete plötzlich und nahm einen Schluck von seinem Kaffee, in den er zwei Päckchen Zucker getan hatte. Sein Stück Torte hatte er bereits zur Hälfte verputzt. »Oder besser gesagt … so habe ich ihn nur in einer Zeit erlebt, die lange zurückliegt. Ich nehme an, du weißt, dass er schon einmal verheiratet war.«

Wie Kogoro dort vor mir saß, völlig entspannt, aufmerksam und mit seiner tiefen Stimme zu mir sprach, flößte er mir Vertrauen ein. »Ja … Ich weiß auch, dass er seine Frau leider verloren hat.«

Kogoro nickte bedächtig. Er sah aus den bodenlangen Fenstern in den Garten hinaus und räusperte sich. Der Frosch in seinem Hals war hartnäckig. Eine Kellnerin füllte unsere Wassergläser mit stillem Wasser auf.

Dann fuhr Kogoro fort. »Als er seine Frau Yuriko kennengelernt hat, war er genauso unkonzentriert und fahrig wie am Sonntag im Restaurant. Deshalb meine Vermutung, dass du ihm vielleicht mehr bedeutest, als er mir an dem Abend offenbart hat. Ich hätte nicht geglaubt, dass ihm so etwas noch einmal passieren würde. Und ich freue mich für ihn, wenn es so ist.«

Ein Lächeln umspielte seine schwarzen Augen, die mich so sehr an Ken erinnerten, obwohl sie trauriger und etwas eingefallen wirkten. In dem Moment wusste ich: Wenn Ken den Sprung nicht wagte, dann musste ich es tun. Und dass man ihm manchmal einfach einen kleinen Schubs geben musste. »Ken hat sich bisher gesträubt, sich seiner Familie anzuvertrauen, obwohl er es mir versprochen hatte. Um ehrlich zu sein, ja, wir sind seit August ein Paar.«

Was für eine Erleichterung, dass diese Worte endlich über meine Lippen kamen. Eine gigantische Last fiel von meinen Schultern, aber ich ruderte sogleich zurück. »Aber bitte sag ihm nichts. Oder … ach, ich weiß es nicht. Ich verstehe nicht, warum er sich so sträubt. Seit dem Zwischenfall mit euren Eltern bin ich verunsichert.«

Ich berichtete Kogoro von der unangenehmen Begegnung zwischen seinen Eltern und mir und wie er sich seitdem verhalten hatte. War das richtig? Würde ich damit Kens Zorn auf mich ziehen? Bestimmt. Aber so wie bisher konnte ich nicht weitermachen.

Kogoro hörte aufmerksam zu, lächelte und versprach, sich Gedanken zu machen, wie wir in dieser Sache vorgehen konnten. Ich war froh, endlich mit jemandem sprechen zu können, der Ken gut kannte.

»Mir selbst war eine glückliche Partnerschaft bisher nicht vergönnt«, sagte er. »Deshalb möchte ich, dass wenigstens Ken sein Glück findet. Er hat es verdient.«

Nach einem Blick auf die Uhr musste ich Kogoro leider allmählich verabschieden. Er brachte mich zum

Ausgang und versicherte mir, sich bald wieder zu melden. Ich bedankte mich bei ihm für sein Verständnis und seine warmen Worte. Dann machte ich mich rasch auf den Weg ins Treppenhaus – und stand plötzlich vor Fabian.

»Hui, immer schön langsam und Augen auf im Treppenverkehr!«, sagte er fröhlich.

»Oh. Was machst du denn schon wieder hier?«, fragte ich. »Ist heute heiterer Besuchstag?«

Es störte mich, plötzlich mit Fabian konfrontiert zu sein, aber ich wusste nicht, warum. Ich wollte weiter über Ken nachdenken.

»Sag du mir lieber, was du mit fremden Männern im Café machst!«, sagte Fabian verschmitzt. Konnte er die Witze auch mal lassen?

»Das geht dich gar nichts an.«

»Vielleicht ja doch? So wie der Typ aussah, könnte er Yumis Vater sein, und wenn ihr Überraschungen für ihre Hochzeit plant, dann muss ich das wissen!«

»Ihr Vater?«

»Ja. Oder nicht? So vom Alter her. Wer war das denn?«

Mein Mund öffnete sich, aber die Worte blieben mir im Hals stecken. Warum war das Alter das Erste, das Fabians Aufmerksamkeit erregte? So alt sah Kogoro nun wirklich nicht aus. Er wirkte genauso jung wie Ken.

Unwillkürlich blaffte ich ihn an. »Du bist echt neugierig. Kümmre dich um deinen eigenen Kram!« Dass es immer nur um alt oder jung ging, machte mich wütend. »Ich muss jetzt zum Unterricht.«

Ich schob mich an ihm vorbei und stapfte die Treppe hoch.

»Och, schlechte Laune? Gehst du trotzdem mal mit mir aus? Ich möchte meine Kolleginnen kennenlernen, ganz unverbindlich«, rief er mir unbeirrt nach.

Ich riss die Etagentür auf und rauschte in den Flur hinein. Was für ein aufgeblasener Typ!

– Ken –

Das Klingeln meines Handys schallte durch den ganzen Supermarkt, als ich dabei war, das Soßenregal nach der richtigen Mayonnaise abzusuchen. Wie peinlich! Hastig fingerte ich in der engen Hosentasche nach dem Gerät und drückte hastig auf den Hörerknopf. Ich räusperte mich. »Hier Katsumoto?«

»Bruderherz, wie geht es dir?«

Erleichtert atmete ich aus. Kogoro. Ich ruckelte mir den Henkel des Einkaufskorbs in die Armbeuge.

»Gut, ich bin gerade im Supermarkt. Ich koche heute für …« Gerade noch rechtzeitig hielt ich den Atem an. »Und bei dir? Alles in Ordnung?«

»Ja, ich wollte nur mal hören, wie es dir seit Sonntag ergangen ist.« Er klang seltsam fröhlich, beinahe aufgeweckt.

»Es sind doch nur zwei Tage vergangen. Aber vielen Dank noch mal. Es war wirklich lecker und nächstes Mal zahle ich wieder.« Ich nahm eine der Mayonnaisetuben aus dem Regal und wusste nicht, was ich noch sagen sollte. Warum rief er an?

»Mona ist wirklich sehr nett«, sagte er. »Wie lange seid ihr schon zusammen?«

Ich japste nach Luft und drückte die Tube zusammen. So fest, dass sie Dellen bekam und ich fürchtete, der Inhalt würde jeden Moment den Verschluss aufsprengen.

»Was redest du denn?«, stotterte ich und legte die Mayonnaise achtlos ins Regal.

»Ach, komm, mir machst du nichts vor«, sagte Kogoro. »Ich freue mich für dich. Ehrlich. Sie strahlt so ein Urvertrauen aus, ich glaube, sie kann nichts erschüttern. Das tut dir sicher gut.«

Abwartend schüttelte ich den Kopf und tat ahnungslos. »Ich verstehe wirklich nicht, was du meinst.«

»Ach, Ken. Ich habe doch gesehen, wie ihr miteinander getuschelt habt. Und wie du sie ansiehst. Wie sie dich ansieht.«

»Wie sehe ich sie denn an?«

Er lachte. »Verliebt eben. Du warst so nervös, es war mir sofort klar.«

Seufzend gab ich auf und lehnte mich mit der Seite ans Regal. »Und findest du es nicht komisch?«

»Weil sie keine Japanerin ist? Das liegt uns ja anscheinend. Uns beiden.« Das Lachen war aus seiner Stimme verschwunden. »Du bist eben auch kein typischer Japaner. Du hast ja nicht mal einen typischen 9-to-5-Job.«

Ein Kunde kam in meinen Gang und ich drehte mich mit dem Gesicht zum Regal, sprach leiser. »Ich meine eher das Alter. Sie ist nicht mal dreißig.«

»Ja, und? Wenn du neunzig bist, ist sie siebzig. Und Japaner werden im Schnitt älter als Europäer.«

Jetzt war ich es, der ins Soßenregal lachte. Wie unglaublich leicht er das nahm. Unschlüssig schaute ich den Gang entlang. »Ich weiß nicht, was ich sagen soll. Es ist jetzt auch gerade etwas ungünstig.«

»Schon gut. Denk einfach nicht so viel darüber nach. Lass es auf dich zukommen.«

Ich nickte. »Danke, Kogoro. Wir sprechen später weiter.«

Lächelnd steckte ich mein Handy zurück in die Hosentasche und suchte nach der Mayonnaisetube, die ich eben achtlos weggelegt hatte.

Zwei Stunden später löste ich vorsichtig den Teigrand einmal im Uhrzeigersinn vom Rand der Pfanne und schüttelte sie. Das zweite *Okonomiyaki* war immer besser als das Erste. Ich hob es auf Monas Teller und schenkte ihr ein zaghaftes Lächeln. Sie erwiderte es zögerlich, hielt unsicher die Hände auf dem Tisch gefaltet.

Auf dem Weg zurück in die Küche versuchte ich, die Anspannung wegzuatmen, stellte die Pfanne auf den Herd und nahm meinen Teller mit dem ersten, etwas missratenen *Okonomiyaki* in die Hand. Ich richtete mich auf, bemühte mich um ein freundliches Lächeln und ging zurück ins Wohnzimmer. »Also. Schön, dass du wieder hier bist. Die zwei Tage waren unerträglich für mich.«

Ich setzte mich auf meinen Platz. Mona lehnte sich in ihrem Stuhl zurück und nickte leicht. »Danke fürs Kochen.«

Der Tag war bisher gut gelaufen, vormittags hatte ich den Fotografen eines bedeutenden Musikmagazins getroffen und ich wollte Mona davon erzählen. Musste es ihr erzählen, es würde auch sie betreffen. Angst stieg

in mir auf, dass der Abend genauso unschön enden
könnte wie das Essen mit Kogoro.

Mona nahm ihre Stäbchen in die Hand und schien
zu warten, dass auch ich mit dem Essen anfing. Unsere
Nervosität hing wie eine Dunstglocke über uns. Ich
löste meinen Blick von ihrem Gesicht. »Essen wir erst
einmal. Wie war dein Tag?«

»Ganz okay. Wir hatten Großputz, neue Kollegen,
ich muss viel organisieren. Die Uni kommt gerade
völlig zu kurz.«

Wir schoben jeder unseren ersten Happen in den
Mund und kauten prüfend. Es schmeckte, aber mich
interessierte viel mehr, in welcher Stimmung Mona war
und worüber sie reden wollte. Sie nickte zufrieden als
Zeichen, dass es ihr schmeckte. Meine Ungeduld bahnte
sich ihren Weg, nachdem ich auch den zweiten Bissen
heruntergeschluckt hatte.

»Mona, lass uns ehrlich miteinander sein. Ich bin
gerade sehr nervös und möchte nicht, dass wir dumme
Entscheidungen treffen, die wir dann bereuen.«

Hatte ich ihr gerade wirklich gesagt, dass ich nervös
war? Mona schaute mich ebenso verblüfft an. Dann
verschwanden die Falten auf ihrer Stirn und ihr Blick
wurde milder. »Genau das will ich auch nicht«, sagte sie
und legte ihre Hand auf den Tisch. »Ich bin auch
nervös.«

Ich legte meine Fingerspitzen sacht auf ihre Hand.
»Es tut mir leid, dass ich mich so furchtbar verhalten habe. Ich möchte es wieder gutmachen, aber das beinhaltet auch eine Nachricht, die dir vielleicht nicht besonders gefallen wird.«

Sie hielt beim Kauen inne und hob ein wenig ängstlich die Augenbrauen. Mein Mund wurde trocken. »Also, um es kurz zu machen. Ich habe dir doch von der Fotostrecke in Schwarz-Weiß erzählt, die wir in Kyoto machen wollen.« Sie nickte. »Der Fotograf möchte die Aufnahmen schon dieses Wochenende machen.«

Zögerlich schaute ich von ihrer Hand auf in ihr Gesicht, wandte den Blick aber gleich wieder ab. »Die Sache ist die: Ich fahre bereits am Freitag nach Kyoto und nach dem Wochenende werde ich direkt zu meinen Eltern fahren und ein paar Tage, vielleicht eine Woche, bleiben.«

Mona hustete.

Mist. War klar, dass sie das nicht mögen würde. Aber ich hoffte, sie würde meine gute Absicht dahinter verstehen. Mit einer Hand klopfte ich ihr leicht auf den Rücken.

Sie räusperte sich und hustete noch ein paar Mal. Ich goss ihr von dem Wasser nach und sie trank vorsichtig ein paar Schlucke.

»Das Wochenende und dann eine ganze Woche zu deinen Eltern?«, brachte sie etwas mühsam hervor.

Ich senkte den Blick auf meinen Teller. Ich wollte die Worte mit Bedacht wählen und nicht schon wieder alles falsch machen. Ich wollte, dass sie mich richtig verstand. »Ja, zuletzt war ich im Juli länger bei ihnen. Sonst immer nur für ein Wochenende. Das bin ich ihnen schuldig.«

Ich zögerte, konnte nicht ausmachen, ob in ihr Wut, Traurigkeit oder Verständnis aufkam. Langsam sprach ich weiter. »Ich denke, wenn ich Zeit mit ihnen verbringe, kann ich in Ruhe mit ihnen reden und endlich die Sache von neulich richtigstellen. Dann wäre ich zu Weihnachten wieder hier und wir könnten beide zusammen feiern.«

Sie hatte ihre Hände neben den Teller gelegt und schien nachzudenken. Das Strahlen in ihren Augen war verschwunden.

Unsicher rieb ich Daumen und Zeigefinger aneinander. »Ich möchte es auf meine Art machen, Mona. Wie gesagt, ich muss sie darauf ein wenig vorbereiten.«

»Kommt Kogoro auch?«, fragte sie.

Darüber hatte ich mir noch keine Gedanken gemacht. »Ich weiß nicht. Vielleicht.«

Sie nickte. »Dann bin ich ja eine ganze Weile alleine.« Sie zögerte, schien noch mehr sagen zu wollen, griff aber stattdessen nach ihrem Glas.

»Es ist ja nur eine Woche, die geht schnell vorbei.«

Mona schien nicht überzeugt. Sie schaute mich nur ernst an. Wir saßen wie immer über Eck am Esstisch, aber es fühlte sich ein wenig unangenehm an. Als wären wir zwei Igel, die zu nah beieinandersaßen und sich gegenseitig mit den Stacheln ins Gehege kamen. Ein Teil von mir hätte sich ihr gern gegenübergesetzt, um mehr Platz zu schaffen.

»Ich verspreche dir, dass ich es diesmal wirklich ansprechen werde. Das Essen mit Kogoro ist nicht so gelaufen, wie ich mir das vorgestellt habe, und das tut mir wirklich leid. Ich weiß, ich habe dir Unrecht getan, das war nicht richtig von mir. Ich möchte auch zu uns stehen können. Vielleicht ist es wirklich eine gute Idee, wenn er mit zu meinen Eltern kommt.«

Mona kratzte sich an Nase und Ohr, schob mit den Stäbchen das Essen hin und her und haderte mit sich. Sie schluckte und sah mich an. »Ich dachte, bevor du ihnen erklärst, was eigentlich Sache ist, würdest du es heute mir erklären.«

Es vergingen ein paar Sekunden, ehe ich realisierte, dass ich sie reglos anschaute. Mein Gehirn meldete Blackout und ein Schauer lief mir über den Rücken.

»Ich dachte, das habe ich schon.« Krampfhaft suchte ich nach Worten. »Meine Eltern ...«

»Ken«, unterbrach sie mich. »Immer geht es um deine Eltern. Ich möchte wissen, was für *dich* das Problem ist, was *du* denkst und fühlst.«

»Ach so. Ja.« Ich senkte den Blick und ließ mir Zeit mit der Antwort. Meine Stimme klang plötzlich viel tiefer. »Ich habe einfach Angst, dass sie dich ablehnen. In ihren Augen bin ich ein Chaot, der kein normales Leben führt, sondern Künstler ist. Fehlte nur noch, dass ich mir einen Bart stehen lassen würde. Dass ich darüber hinaus keine Frau, also keine Japanerin an meiner Seite habe, ist für meine Eltern gleichbedeutend mit einem verfehlten Leben. Man schämt sich dafür. Ich glaube, sie schämen sich manchmal für mich. Und ich möchte ihnen nicht noch mehr Anlass dazu geben.«

»Heißt das, du schämst dich auch für mich?«, fragte sie vorsichtig.

»Nein, natürlich nicht«, sagte ich reflexartig. Aber stimmte das? Und glaubte sie es?

Mona nickte. »Ich kenne deine Eltern ja noch nicht so gut, aber könnte es nicht sein, dass es für sie gar nicht so überraschend wäre? Wenn du für sie sowieso nicht das Leben eines normalen Japaners führst, passt es für sie vielleicht total ins Bild, dass du auch eine etwas andere Freundin hast. Oder?«

Ein Strahl Wärme fiel auf mein Herz und floss durch meinen Körper wie ein Schluck teurer Whiskey. So hatte ich das noch gar nicht gesehen. »Das wäre natürlich großartig. Vielleicht, ja. Es ist nur so lange her, dass ich ihnen von einer Freundin erzählt habe, dass ich einfach sehr nervös bin. Wie ein Teenager. Das ist so albern. Ich dachte, irgendwann kommt einmal das Alter, in dem man über solchen Dingen steht.«

Sie schmunzelte und die kleinen Grübchen neben ihrem Mund zeigten sich. Dann wurde ihr Ausdruck wieder ernst. »Ich hoffe, du kannst mit ihnen reden. Ich mag es einfach nicht, wenn Lügen im Raum stehen. Und es gibt mir kein gutes Gefühl, wenn du nicht zu mir stehen kannst. Also sei ehrlich zu ihnen, ja?«

»Ja.« Ich nickte und meinte es auch so. Aber das Gefühl, sie nicht überzeugt zu haben, blieb den ganzen Abend an mir haften wie die Bonito-Flocken am *Okonomiyaki*.

– Mona –

Der Mittwoch verging schleppend. Eigentlich wollte ich Ken mit Fragen löchern, wie genau er seinen Eltern nun erklären wollte, dass seine angebliche Nachbarin in Wahrheit seine Freundin gewesen war, mit der er trotz der kulturellen Unterschiede eine Beziehung führte. Aber ich traute mich nicht.

Wenn er es auf seine Art machen wollte, dann musste ich ihn lassen. Er kannte seine Familie am besten, und ich wollte mir nicht durch zu viele Fragen eingestehen müssen, dass Ken selbst die Antwort wahrscheinlich immer noch nicht so genau kannte. Er würde schon einen Weg finden, er war schließlich ein reifer Mann und ich musste ihm vertrauen. Was blieb mir anderes übrig? Ich würde mir einfach ein schönes Wochenende mit Freunden machen und unter der Woche endlich Zeit für meine Abschlussarbeit finden.

Donnerstagabend packte Ken schließlich seine Tasche, während ich mich auf meinen japanischen Roman zu konzentrieren versuchte.

Als Ken fertig war und sich im Fernsehen noch einen Krimi ansehen wollte, setzte ich mich zu ihm aufs Sofa. Er schaute die ganze Zeit geradeaus auf den Fernseher, aber ich hatte den Eindruck, dass er nicht wirklich hinsah.

Ich zögerte, ihn anzusprechen. Die Stimmung zwischen uns blieb seltsam. Es war das erste Mal, dass wir mehrere Tage voneinander getrennt sein würden, und die Unstimmigkeiten der letzten Tage standen noch immer zwischen uns. Ich fürchtete, dass ich Ken in die Flucht schlagen würde, wenn ich zu viel Druck auf ihn ausübte. Aber die Ungeduld nagte an mir.

Wir saßen schweigend zusammen und manchmal streichelte er meinen Arm. Konnte er sich auch nicht auf den Film konzentrieren?

Irgendwann schaltete er den Fernseher aus und sagte, der Film langweile ihn und er wolle ins Bett gehen. Ich nickte. Da ich auch müde war, klappte ich das Buch zu und wir gingen schlafen.

Am Morgen nach dem Frühstück verabschiedete ich Ken. Ein Kuss auf die Wange, eine kurze Umarmung – der Abschied war herzlich, aber nicht überschwänglich. Nachdem er gegangen war, räumte ich den Tisch ab und stand dann in der leeren Wohnung. Ich hatte noch genug Zeit, bevor ich zum Goethe-Institut musste.

Probeweise setzte ich mich auf das Sofa, auf dem wir gestern ferngesehen hatten. Mit einer Hand strich ich über die Stelle, wo Ken gesessen hatte. Das braune Leder hatte keinerlei Falten oder Risse. Tatsächlich hatte ich ihn dort bisher nur drei- oder viermal sitzen sehen.

Auf der unteren Ebene des Couchtischs lagen Magazine. Ich erkannte zwei *Rolling Stone*, eine *Young Guitar* und andere japanische Musikzeitschriften. Ich schob sie mit dem Fuß ein wenig auseinander. Japanische Musiker und Instrumente, überwiegend Jazz und Rock. Zwischen den großen Musikerporträts auf den Covern rutschte plötzlich das Bild einer Frau heraus.

Ich lehnte mich vor und legte das großformatige Foto mit der Hand frei. Darunter kam ein Blatt Papier zum Vorschein, ein Brief. Ich nahm beides an mich und lehnte mich auf dem Sofa wieder zurück.

Die Frau auf dem Foto war eine Japanerin um die Vierzig und die Perspektive, ihre Haltung, elegante Kleidung und der freundliche, zurückhaltende Blick in die Kamera wirkten wie eine Art Bewerbungsfoto.

Der Brief dazu war auf gestärktem und verziertem Papier gedruckt und enthielt neben ein paar Zeilen Fließtext auch einen kleinen Steckbrief.

Yuna Suzuki, 43, Blutgruppe A, geschieden, keine Kinder. Hobbys: Kochen, Klavier.

In meinem Bauch zog sich alles zusammen, als hätte ich am Morgen zu viel Reis gegessen, der nun langsam aufging. Ich veränderte die Sitzposition und schlug ein Bein unter das andere. Dann versuchte ich, den kurzen Text zu lesen, der nach dem Steckbrief folgte.

Ein Schauer durchfuhr mich, als ich sah, dass Ken gleich zu Beginn direkt angesprochen wurde. Wer war diese Frau? Ich verstand nicht jedes Wort oder konnte es in der Handschrift nicht entziffern, aber es wurde klar, dass in den höchsten Tönen von der Dame geschwärmt wurde. Sie hatte den Brief nicht selbst geschrieben, sondern jemand legte Ken ans Herz, diese Frau einmal zu treffen und kennenzulernen. Als mein Blick zum Ende des Briefes und zu seinem Absender gelangte, rebellierte mein Magen völlig.

Kens Mutter.

Die Toilettenspülung war das einzige Geräusch in der leeren Wohnung, bevor ich den Wasserhahn aufdrehte und mir die Hände wusch. Ich drehte von warm zu kalt, sammelte das Wasser mit den Händen und schüttete es mir ins Gesicht.

Kens Mutter wollte ihm eine japanische Frau vermitteln!

Und er wusste davon, hatte den Brief raffiniert zwischen den Magazinen versteckt.

Womöglich war das auch der Grund für seinen bevorstehenden Besuch zu Hause. Eine Woche war genug Zeit, um die Dame, wie es die Vorschrift verlangte, zum Tee einzuladen und ein wenig ins Gespräch zu kommen. Arrangierte Ehen waren immer noch verbreitet in Japan.

Diese Hexe!

Was war nur mit Ken los, dass er ihr anscheinend so hörig war und mir nichts von der Sache erzählte? Der konnte was erleben! Solche Heimlichkeiten, die unsere Beziehung gefährdeten! Vielleicht war ich die ganze Zeit einem riesigen Schwindel aufgesessen. War es das alles überhaupt wert? Täuschte ich mich womöglich so sehr in ihm?

Ich musste der Sache auf den Grund gehen. Ich hatte lange genug mitgespielt und mich immer wieder einlullen lassen. Jetzt war Schluss! Ich musste Ken damit konfrontieren, und zwar besser früher als später.

Aber wie?

Während seines Fototermins würde ich ihn nicht erreichen können und wo genau seine Eltern in der

Nähe Tokyo wohnten, wusste ich nicht. Meine einzige Chance war, ihre Adresse herauszufinden.

Ich stand auf und sah mich um, ging an den Regalen vorbei und strich mit dem Finger darüber. Hatte Ken nicht irgendwo ein Adressheft, einen Brief oder andere Unterlagen von seinen Eltern? Sein Pass! Nein, da stand sicher nur seine eigene Adresse drin. Irgendetwas musste sich doch finden lassen.

Im Schlafzimmer bewahrte er Ordner auf, vielleicht fand sich dort eine Versicherungsmappe mit der elterlichen Adresse. Zögernd blieb ich im Türrahmen stehen. Sollte ich wirklich Kens Sachen durchsuchen? So etwas tat man nicht. Mich erschreckten die misstrauischen Gedanken in meinem Kopf, die plötzlich ein Eigenleben zu entwickeln schienen.

Ich stellte mir vor, wie Ken sich vor der Dame vom Foto verbeugte. Sie in einem schicken Kimono mit adrett zurückgestecktem Haar und gesenktem Blick. Seine Mutter würde sie gut ausgesucht haben, ganz sicher war sie in ihren Augen eine ausgesprochen gute Partie für ihren Sohn. Warum hatte er mir davon nichts erzählt?

Langsam ging ich auf den Schrank zu und griff nach einem schwarzen Aktenordner.

Zwei Stunden später klemmte ich mir fast die Nase in der Tür der U-Bahn ein. Auch am Nachmittag waren die Züge noch fürchterlich voll. Ich musste unbedingt mit Janine reden, bevor ich einen großen Fehler machte. Und vor allem brauchte ich Ablenkung. Ich war lange nicht aus gewesen und das Wochenende stand vor der Tür.

Als sich die Türen der Bahn öffneten, rieselte ich mit einigen anderen Fahrgästen auf den Bahnhof Aoyama Itchome und beeilte mich, zum Goethe-Institut zu kommen. Hoffentlich hatte Janine noch nicht Feierabend gemacht.

»Fabian und Yumi kommen morgen auch mit«, rief Janine fröhlich und packte ihr Handy und ihren Terminplaner in ihre Tasche, während ich meine Unterlagen auspackte.

»Wow, das ging schnell.«

Ich zögerte, beschloss dann aber, dass es sicher lustiger werden würde, je mehr Leute dabei waren. Mit Yumi war ich noch nie beim Karaoke gewesen, geschweige denn mit Fabian. »Ich freu mich drauf. Danke fürs Organisieren. Ich muss echt mal wieder was unternehmen.«

»Na klar. Schaffst du den Abend heute alleine?«, fragte Janine besorgt. Ich hatte ihr von meinem Fund und meinen Sorgen berichtet.

»Ja, das geht schon, ich hab ja noch den Lesezirkel.«

»Stimmt. Okay, dann sehen wir uns morgen 15 Uhr am *Don Quijote*. Und ruf mich an, falls du heute Abend doch Gesellschaft brauchst.«

Ich bedankte mich und verabschiedete sie in den Feierabend.

Während der Unterrichtsstunden war Konzentration eher Mangelware. Meine Gedanken drifteten von Ken zum morgigen Karaoke und wieder zurück. Im Kopf stellte ich mir vor, wie Ken voller Selbstbewusstsein nach dem gut verlaufenen Fotoshooting der Japanerin vom Foto gegenübertrat.

Yuna Suzuki.

Andererseits ging ich immer wieder durch, welche Songs wir beim Karaoke singen könnten, denn die Zeit verging dabei immer wie im Flug. Gute Vorbereitung war die halbe Miete.

»Mona hat bestimmt schon wieder eine halbe Songliste im Kopf«, sagte Janine, als wir am nächsten Tag zu viert in das kleine Café neben dem *Don Quijote* in Shibuya stolperten.

»Oh, dann hab ich die andere Hälfte«, sagte Fabian. »Ich hab immer eine Karaoke-Liste auf meinem Handy.«

Janine schaute ihn an, als hätte er gerade gesagt, er würde die nächsten zwei Monate auf jegliches Essen verzichten. »Ihr seid doch nicht normal! Karaoke soll vor allem Spaß machen und nicht von vorne bis hinten durchgeplant sein. Also was wollt ihr haben? Kaffee? Kuchen? Ich bestelle für uns und ihr könnt schon mal einen Tisch klarmachen.«

Während Yumi ihn zu einem der Tische lenkte, murmelte Fabian, dass er sich nun mal nicht merken könne, bei welchen Songs er stets kläglich versage und welche ihm ganz gut lagen. Es war Samstagnachmittag und sein Gemurmel ging in dem gut gefüllten Café schnell unter.

Als wir jeder einen Milchkaffee und eine kleine Kuchenauswahl vor uns stehen hatten und miteinander teilten, erzählte ich ihnen, dass mein Lesezirkel am Vorabend leider ausgefallen war. Unser Gruppenleiter hatte einen Hexenschuss erlitten und hatte sich entschuldigt.

»Du hast aber auch ein Pech zurzeit«, sagte Janine zwischen zwei Bissen Erdbeerkuchen.

Fabian horchte auf. »Wieso, was ist denn noch los? Ich hab nur irgendwas von *Mona braucht Ablenkung* gehört.«

Yumi stupste ihn kurz in die Seite.

»Oh, sollte ich das nicht sagen?«

»Ach, ist schon okay«, sagte ich. »Ich erspare dir die Details, aber die Mutter meines Freundes hat anscheinend etwas gegen unsere Beziehung und will ihn stattdessen mit einer hübschen Japanerin in seinem Alter verkuppeln. Das hab ich zufällig herausgefunden. Er hat mir das nicht erzählt, er meinte nur, er würde bis nächste Woche bei seinen Eltern bleiben.«

Janine sprang ein: »Und deshalb will sie versuchen, die Adresse rauszukriegen, um ihn zur Rede zu stellen.«

»Hat er kein Handy?«, frage Fabian.

»Schon, aber würdest du so was am Handy klären wollen?« Janine war Feuer und Flamme. »Außerdem kann man am Telefon viel besser lügen.«

»Na, wenn ihr ihm schon so was unterstellt ...« Fabian führte den Satz nicht zu Ende.

Yumi schaute betreten drein und sagte dann mit ihrer leisen, hohen Stimme, die wir viel zu selten hörten:

»Arrangierte Ehen sind in Japan immer noch sehr verbreitet. Aber vielleicht ist es ja auch anders, als du denkst. Du weißt nicht, wie lange Ken das Foto schon hatte, oder? Und vielleicht fährt er ja auch deswegen zu seinen Eltern, um ihnen zu sagen, dass er keine Lust auf so ein Arrangement hat.«

»Ja, die Hoffnung stirbt zuletzt«, sagte ich. »Aber ich hab so ein ungutes Gefühl.« Ich griff nach meinem warmen Kaffeepott. »Lasst uns von was anderem reden, ich will euch und mir nicht wieder die Laune verderben.«

Natürlich war es dafür schon zu spät. Das Gespräch verlief anfangs nur schleppend. Erst als wir später das Karaoke-Haus mit der blauen Leuchtreklame betraten, es uns in unserer Karaoke-Box richtig gemütlich machten und ein paar anregende Getränke bestellten, wurde die Stimmung ausgelassener und ich konnte die Sorgen rund um Ken für eine Weile vergessen.

Wir sangen *What's up* von 4 Non Blondes, *Mr. Brightside* von The Killers, ein paar Songs von den Backstreet Boys, Queen oder Beatles und Janine beeindruckte uns mit einer Darbietung von *Purple Line* von TVXQ. Fabian amüsierte uns bei *Volare* von Domenico Modugno mit seinem Italienisch, ulkigen Grimassen und sogar ein wenig Hüftschwung. Janine ging auf Tuchfühlung und versuchte, den Hüftschwung mit ihm zu tanzen, aber Fabian blieb auf seine Performance konzentriert.

Wir prusteten und lachten, Yumi stieß aus Versehen ein Glas um, in dem zum Glück nicht mehr allzu viel *Chuhai* war. Nach vier Stunden war ich heiser. Die anderen hatten ebenfalls raue Stimmen bekommen und wir beschlossen, dass es Zeit war, zu gehen.

Wir hatten Hunger und machten uns auf die Suche nach einem Restaurant. Janine war super vorbereitet und legte uns eine Auswahl von drei Restaurants vor, von denen wir uns für ein *Teishoku*-Lokal entschieden.

In solchen Lokalen gab es Menüs aus einer Hauptspeise mit Fisch oder Fleisch, so viel Reis, wie wir wollten, einer Miso-Suppe, eingelegtem Gemüse und weiteren kleinen Beilagen. Eine ausgewogene Mahlzeit, die mir immer ein Gefühl von Omas Rundum-Sorglos-Küche vermittelte. Ich hatte lange nicht so reichhaltig und gut gegessen und fühlte mich wunderbar entspannt.

»Wisst ihr, worauf ich tierisch Lust hätte?«, fragte Yumi vorsichtig in die Runde und alle blickten auf. »Ich würde total gerne mal wieder tanzen gehen. Wollen wir vielleicht noch in einen Club gehen?«

Ein breites Grinsen legte sich auf Janines Gesicht.

»Mir gefällt, wie du denkst. Eigentlich dachte ich an ein Game Center, aber tanzen klingt auch cool.«

»Oder wir verbinden beides«, sagte Fabian. »Kennt ihr das *Sanctuary*? Das ist direkt neben dem Game

Center vorne an der Ecke. Dann könnten wir erst in das eine und dann direkt in das andere.«

Eine halbe Stunde später sprangen er und Yumi auf einer *DanceDanceRevolution*-Tanzmaschine herum und versuchten, ihre Füße im richtigen Takt auf den jeweils passenden Punkt auf dem Boden zu setzen. Janine und ich standen daneben und feuerten sie an. Das heißt, vielmehr rief Janine Fabian immer wieder schnelle Richtungsanweisungen zu. Sie animierte ihn laut, sich zu konzentrieren und Gas zu geben, während ich versuchte, sie zu beruhigen, um nicht allzu viel Aufmerksamkeit auf uns zu ziehen. Dabei bemerkte ich erstaunt, wie talentiert Yumi war. Sie ließ Fabian wirklich alt aussehen.

Nach den obligatorischen *Purikura*-Fotos, bei denen wir uns zu viert in der Fotokabine drängten, Janine sich schon halb auf Fabian lehnte und er auffallend häufig seine Hand um meine Schultern legte, fuhren er und Janine noch eine chaotische Runde im Auto-Simulator. Yumi und ich warfen uns belustigte Blicke zu und mein Ziel für die bevorstehende Tanzbar war auf jeden Fall, Janine eher Wasser als alles andere einzuflößen.

Sie selbst sah das natürlich anders und so hatten wir drei unsere liebe Mühe, sie später beim Betreten des

Sanctuary von der Bar fernzuhalten. Nachdem wir unter den lauten Bässen der Musik für sie etwas Alkoholfreies organisiert hatten und zu dritt mit unseren Mixgetränken anstießen, stürmte Yumi die Tanzfläche. Fabian und ich schrien uns abwechselnd ins Ohr, wie wir mit der ziemlich angetrunkenen Janine weiter verfahren sollten. Sein Bart kitzelte, wenn seine Wange meinem Ohr zu nah kam. Mir fiel sein schönes Lächeln auf. Gemeinsam lachten wir über Yumi, die sich zu einem rasanten Electro-House-Mix die Seele aus dem Leib hüpfte. Unglaublich, wie viel Energie sie hatte!

Ich war viel zu lange nicht mehr aus gewesen und scheute mich ein wenig vor der Tanzfläche. Ken interessierte sich nicht so sehr für Clubs, er ging lieber essen oder in ein klassisches Konzert. Was er wohl jetzt machte?

Ein breitschultriger Typ schob sich wenig feinfühlig an mir vorbei, wodurch ich einen Teil meines Getränks verschüttete. Fabian öffnete den Mund, um ihm etwas hinterherzurufen, aber ich schüttelte den Kopf. Das war es nicht wert.

Plötzlich stand Yumi völlig verschwitzt neben uns und griff nach ihrem Drink, den wir für sie im Blick behalten hatten. Ihre Pupillen waren vor Freude geweitet. »Wollt ihr nicht auch mal?«, schrie sie uns an, zeigte mit dem Daumen hinter sich auf die Tanzfläche und nickte dann in Richtung Janine, die mit halb geschlossenen Augen und seligem Lächeln auf dem Barhocker saß und zur Musik schaukelte. »Ich übernehme hier.«

Fabian zuckte mit den Schultern und ließ mir den Vortritt. Wir gingen nur ein paar Schritte zur Seite und blieben abseits der pogenden Menge, die die Mitte der Tanzfläche zu einem Strudel geformt hatte.

Die Musik nahm einen schnelleren Beat auf, der meine Füße gehörig in Schwung brachte. Fabian schien auch Spaß zu haben und warf die Arme in die Luft. Er lachte mich mit seinen kleinen Zähnen an und bewegte seine Schultern zum Beat. Die Lichtblitze schossen Staubstrahlen quer über die vernebelte Tanzfläche und für ein paar Minuten vergaß ich, dass ich mitten in Tokyo war.

Aus dem Augenwinkel sahen wir kurz darauf, dass Yumi uns auf sich aufmerksam machen wollte. Sie winkte mit ihrem Handy in der Hand und als wir uns zu ihr drängelten, erzählte sie uns besorgt, dass ihr Zukünftiger sich in die Hand geschnitten hatte und im Krankenhaus wäre. Es ging ihm gut, aber sie wollte lieber schnell zu ihm.

Es war schade, dass unser Abend so schnell endete, aber Fabian und ich nickten verständnisvoll. Als sie unsere Seitenblicke auf Janine bemerkte, schlug Yumi vor, dass sie sie einen Großteil der Strecke mit der Bahn mitnehmen und, falls Janine bis dahin nicht genug ausgenüchtert war, für den Rest ihres Weges in ein Taxi setzen könnte.

Wir ließen uns von ihr versichern, dass es wirklich nicht zu viel Mühe wäre, Janine mitzunehmen, und dass sie uns anrufen würde, sobald es Probleme gab. Dann suchten wir ihre Sachen zusammen und bedankten uns für den lustigen Abend mit den beiden.

Janine sah schon etwas besser aus, aber die Müdigkeit stand ihr ins Gesicht geschrieben. »Kann ich dich wirklich mit ihm allein lassen?«, nuschelte sie mir bei der Abschiedsumarmung ins Ohr. Ich winkte nur ab und schob sie zusammen mit Yumi nach draußen auf den Gehweg. Sie hatte eine blühende Fantasie. Fabian flirtete doch nur aus Spaß, kein Grund zur Sorge.

Der kalte Dezemberwind wehte uns entgegen, als wir verfolgten, wie Janine und Yumi Richtung Bahnhof taumelten.

»Meinst du, das klappt?«, fragte ich Fabian und rieb mir die fröstelnden Oberarme.

»Sicher. Bei der Kälte ist sie bestimmt bald wieder nüchtern. Lass uns wieder reingehen!«

Die Luft aus dem Tanzraum schlug uns als warme Wand entgegen. Es wurde immer stickiger. Weil wir aber nicht umsonst Eintritt gezahlt haben wollten, genehmigten wir uns noch einen Drink und mischten uns unter die tanzenden Leute.

Es wurde immer heißer und immer mehr nackte Haut erschien unter ausgezogenen Pullovern und Strickjacken. Der Club füllte sich zusehends, es war erst kurz vor Mitternacht und auf der Tanzfläche wurde es immer enger. Fabians dunkelblonde Haare begannen sich durch den Schweiß zu kräuseln. Hatte sich der Ausdruck in seinen Augen verändert?

Das Tokyoter Nachtleben und den Rhythmus der Musik im Körper zu spüren, fühlte sich ungewohnt gut an. Fabian, der mich nicht aus den Augen ließ. Die Menschen um mich herum, die mich in ihrer Mitte wie ein wohlig warmes Badetuch aufnahmen. Sie drängten mich immer näher an Fabian heran, bis unsere Hüften und Oberkörper einander nicht mehr ausweichen konnten.

Wir ließen uns treiben und genossen den Moment. Zum Glück war Fabian weder jemand, der auf der Tanzfläche tiefsinnige Gespräche führen wollte, noch jemand, der unangenehm aufdringliche Bewegungen vollführte. Er konnte gut tanzen und ließ mir gerade genug Raum, mich ebenfalls entspannt zur Musik zu bewegen, sofern das in dem immer voller werdenden Saal noch möglich war. Berührungen blieben dabei nicht aus, aber das war nur natürlich und wir machten kein Aufheben darum. Fabian löste nicht eine Sekunde den Blick von mir und schien alles um uns herum zu vergessen.

Als ihm die Schweißperlen auf der Stirn standen und die Flecken unter meinen Armen überdeutlich zu sehen waren, zog er mich von der Tanzfläche. Er hatte einen freien Platz in der Sofaecke entdeckt und bedeutete mir, auf einem Zweisitzer auf ihn zu warten. Schneller als ich schauen konnte, holte er uns an der Theke Nachschub. Diesmal ein orangefarbenes Mixgetränk, mit dem er in einer fließenden Bewegung zwischen Hinsetzen und Anstoßen ein lautes Klirren erzeugte. Die Ecke hier war deutlich ruhiger, nur unsere Ohren waren noch etwas belegt und wir hörten uns wie durch eine dicke Decke sprechen.

»Das mit dem Ablenken hat gut geklappt, oder?«, sagte er schelmisch. Seine Augen strahlten unverändert voller Energie.

»Vielen Dank fürs Erinnern«, sagte ich ein wenig unfreundlicher als geplant.

»Ach, komm. Ich weiß doch, wie das ist. So ganz verdrängen kann man die Gedanken daran eh nicht. Worüber genau machst du dir denn Sorgen?«

Ich seufzte, aber man hörte es kaum. Die Musik schallte immer noch laut genug zu uns herüber.

»Darüber, dass ihm vielleicht dämmert, dass das alles eine dumme Idee war mit mir. Es war vielleicht eine verlockende Vorstellung, etwas mit einer jungen Ausländerin anzufangen. Exotisch irgendwie. Aber jetzt merkt er vielleicht, was das konkret bedeutet und dass seine Familie etwas dagegen hat.«

»Ist er so viel älter?«

Statt zu antworten, nickte ich betreten.

»Muss ja ein heißer Typ sein, wenn du ihn Gleichaltrigen vorziehst.«

Ich warf ihm einen genervten Blick zu und trank einen Schluck Grapefruitbier.

Fabian versuchte ein Lächeln, das ihm nicht gut gelang. »Was würde denn passieren, wenn das … jetzt nicht mehr klappen würde mit euch?«

»Dann würde ich vielleicht nach Deutschland zurückgehen. Ich habe hier keine Wohnung und bin eigentlich nur seinetwegen hiergeblieben.«

Fabian schluckte. »Das wäre natürlich blöd.«

Ich staunte, wie ungerührt ich hier darüber reden konnte, obwohl es mir im Herzen wehtat, an Ken zu denken. Fabian drehte seine Flasche mit den Fingerspitzen um die eigene Achse. Er schien nachzudenken. Als er meine Blicke bemerkte, entschuldigte er sich. »Sorry, ich wollte nicht die

Stimmung verderben. Ist echt heiß hier, wollen wir langsam gehen? Ich muss mal an die frische Luft.«

Bald darauf zogen wir die Kragen unserer Jacken hoch und schritten schweigend durch die Kälte. Die Straßen waren leerer als gewöhnlich. Ich war wieder hellwach.

Als wir uns dem Bahnhof Shibuya näherten, von dem wir in unterschiedliche Richtungen davonfahren würden, sagte Fabian: »Ich hatte auch mal eine Freundin, wegen der ich meinen Erasmus-Aufenthalt in Spanien verlängert habe.«

Bevor ich einen frechen Kommentar über eine spanische Geliebte losließ, biss ich mir auf die Lippen. Fabian stellte sich mir plötzlich in den Weg und sah mir direkt ins Gesicht. »Sie hat mir gesagt, sie hätte am Wochenende immer Training mit ihrem Volleyballteam. Tatsächlich hat sie sich aber mit ihrem Liebhaber getroffen.«

Den Kopf zur Seite gewandt durchsuchte er seine Erinnerungen. »Das habe ich erst Monate später herausgefunden. Ich habe das einfach hingenommen, dass sie nur unter der Woche Zeit für mich hatte. Und auch im Nachhinein würde ich nichts anders machen. Wenn du glaubst, dass etwas dir gehört, dann lass es ziehen. Wenn es nicht zurückkommt, hat es niemals dir gehört. Sagt man das nicht so?«

Bei den letzten Worten schaute er mir wieder in die Augen. Für einen Moment schirmte sein Körper mich vor dem kalten Wind ab. Trotzdem durchlief mich ein Schauer. »Ja, ich glaub schon.«

»Ich bin ganz sicher, dass es stimmt«, sagte er mit Nachdruck. »Und ich hoffe, die Sache verletzt dich nicht so, wie sie mich damals verletzt hat.«

Eine plötzliche Stille umfing uns und nahm mir die Sprache. Er schaute mich ruhig an, sein Blick wanderte über mein Gesicht, ließ aber nicht erkennen, was er mit alldem sagen wollte. Seine Wangen schauten rosig unter dem Stoppelbart hervor.

Er räusperte sich. »Nächste Woche gehe ich auf ein kleines Konzert in Ueno. Ist ein Überraschungskonzert mit einer Rockband. Hast du vielleicht Lust, mitzukommen?«

Da ich nicht sofort antwortete, fügte er unsicher lächelnd hinzu: »So zur Ablenkung.«

Unwillkürlich verzog ich einen Mundwinkel zu einem schiefen Lächeln. »An welchem Tag?«

»Mittwoch, glaube ich.« Er schaute mich jetzt sehr eindringlich an, begierig auf die Antwort.

Warum schlug mein Herz schneller? Ich knabberte an meiner Lippe und wusste nicht, was ich sagen sollte. Der Tag heute war turbulent gewesen.

»Ich überleg's mir, ja?«, sagte ich und bereute es im selben Moment, als ich einen Anflug von Enttäuschung in seinem Gesicht sah. Ich versuchte, ihm aufmunternd zuzunicken, aber es half nur wenig.

»Okay, sag Bescheid.« Langsam kehrte sein Lächeln zurück.

»Ja.«

Er schaute die Straße hinunter. »Ist kalt, oder? Lass uns gehen.«

Wir steckten die Hände tiefer in die Jackentaschen und gingen den restlichen Weg zu den Ticketschranken schweigend nebeneinanderher. Zum Abschied umarmten wir uns flüchtig und dann bog er ab zur Keiô-Inogashira-Linie.

Ich hielt meine U-Bahn-Karte über den Sensor und ging durch die Schranken zur Yamanote-Linie. Der Bahnsteig füllte sich mit Menschen und kurz bevor der Zug einfuhr, warf ich einen Blick auf mein Handy. Keine Nachricht.

– Ken –

Ihre Hände sahen überhaupt nicht aus wie die einer Klavierspielerin. Die Finger lagen sehr eng beieinander und wirkten ein wenig aufgeschwemmt. Ich konnte mir beim besten Willen nicht vorstellen, wie diese Finger flink und filigran über die Tasten huschen sollten.

Ein Stich im Rücken ließ mich zusammenfahren und ich richtete meine Wirbelsäule auf, möglichst ohne mir etwas anmerken zu lassen. Hatte meine Mutter mir gerade das Tablett mit dem leeren Geschirr in den Rücken gedrückt? Für eine Sekunde schaute ich zu ihr, als sie außerhalb des Sichtfeldes unserer Gäste sanft wie eine Feder aus der Tür verschwand. Ihr Blick sprach Bände. *Halte das Gespräch am Laufen! Du starrst zu viel!*

Ich räusperte mich. »Welche Stücke spielen Sie denn besonders gern, wenn sie zum Vergnügen vor sich hinspielen?«

Frau Suzuki hatte einen freundlichen, liebenswürdigen Gesichtsausdruck und ließ sich von meiner Frage nicht aus der Ruhe bringen. Nur an ihrem Zögern merkte ich, dass sie etwas verwirrt war.

»Ich spiele eigentlich nur, was Frau Katsumoto … Ihre Frau Mutter mir aufträgt«, sagte sie mit ihrer warmen, mütterlichen Stimme. Sie klang viel tiefer als Monas.

»Aber wenn Sie nicht im Unterricht sind, wenn Sie zu Hause für sich üben oder einfach die Finger bewegen wollen, spielen Sie dann nicht, was Ihnen gefällt?«

»Es gefällt mir ja, was Frau Katsumoto mir aufträgt.«

Ich unterdrückte ein Seufzen. So kamen wir nicht weiter. Ratlos schaute ich zu der älteren Frau Suzuki, Yunas Mutter. Yuna mit dem Vornamen anzureden, kam mir nicht in den Sinn. Es fühlte sich falsch an. Sie wirkte so abstrakt und distanziert, ich konnte nicht anders, als sie auch in Gedanken *Frau Suzuki* zu nennen.

Yunas Mutter erging sich in Lobeshymnen über meine beruflichen Aktivitäten. »Meine Tochter bewundert es sehr, dass Sie mit eigenen Kompositionen so überaus erfolgreich auf Konzertreise gehen, denn ihre Fähigkeiten reichen bei Weitem noch nicht so weit, dass sie selbst ein Musikstück erschaffen könnte. Wenn Sie erlauben, könnte sie sicher noch sehr viel von Ihnen lernen.«

»Sicher, es würde mir eine Ehre sein«, sagte ich, wie es das Protokoll vorsah. Meine Mutter kam zurück und kniete sich wieder neben mich auf das Sitzkissen vor dem niedrigen Teezimmertisch. Einer der seltenen Momente, in denen ich ihr Erscheinen als Glück empfand. Sie spürte, dass es schleppend voranging.

»Wie wäre es denn, wenn ihr beide einen Spaziergang durch den Garten machen würdet?« Mit einer Hand auf dem Kimonostoff über ihrem Bauch fügte sie hinzu: »So ein Keks liegt einem manchmal schwerer im Magen als eine reichhaltige Mahlzeit, nicht wahr?«

Frau Suzuki stimmte ihr zu, also erhoben wir uns und gingen zu zweit in den Garten, damit sich unsere Mütter allein darüber austauschen konnten, inwiefern das erste Kennenlernen als Erfolg zu werten sei. Nach der Runde im Garten würden wir unsere Gäste verabschieden.

Ich nutzte die letzten Minuten draußen an der frischen Luft, um Frau Suzuki unauffällig zu betrachten. Ihre Nackenlinie, die aus ihrem Kimonokragen hervorragte, hatte schon die ganze Zeit meinen Blick gefesselt.

»Ich hatte Sie für einen Gentleman gehalten, Herr Katsumoto«, sagte sie plötzlich. »Um diesen Eindruck aufrechtzuerhalten, sollten Sie Ihre Blicke vielleicht etwas unauffälliger über meinen Kimono streifen lassen.«

Vielleicht erstarrte ich zu sehr. Jedenfalls lachte Frau Suzuki kurz auf, als sie die Überraschung in meinem Gesicht sah. In ihr steckte ja doch eine aufgeweckte Frau. Ich schmunzelte.

Leise fuhr sie fort: »Ich weiß, dass ich nicht die Idealbesetzung für eine Ehefrau bin. Sonst wäre ich längst wieder verheiratet. Aber ich denke, ich habe ein Gespür dafür, was Männern in einer Partnerschaft wichtig ist. Was ihnen Geborgenheit gibt und das Gefühl, stark zu sein. Wäre mein Mann nicht von uns gegangen, wäre ich ihm noch viele Jahre eine treue und sorgende Gefährtin gewesen. Es war der Wunsch der Götter, ihn so früh zu sich zu holen.«

Es beschämte mich, dass sie das Gefühl hatte, so etwas sagen zu müssen, und ich konnte ihren Schmerz nachempfinden. »Ich bin sicher, mit Ihnen an seiner Seite hätte es ihm an nichts gefehlt.«

Sie nickte kaum sichtbar und ihre Fältchen rund um die Augen erinnerten mich plötzlich an meine eigenen. Nach einer winzigen Sekunde wandte sie ihre braunen Augen den Hortensien neben dem roten Torii zu.

Ich dachte an Mona und was sie wohl sagen würde, wenn sie uns hier so stehen sah. Sie wäre mit Sicherheit sehr verletzt und noch hatte ich keine Idee, wie ich aus

dieser Situation wieder herauskommen sollte.
Geschweige denn, wie ich hineingeraten war.

Kogoro hatte gesagt, er wolle in den nächsten Tagen vorbeikommen. Vielleicht konnte ich in Ruhe mit ihm reden und dieses vermaledeite Wollknäuel entwirren. Bei meiner Mutter schien bisher Hopfen und Malz verloren und mein Vater hielt sich aus derartigen Angelegenheiten heraus. Er würde später vom Angeln wiederkommen und sich nicht einmal nach dem Besuch erkundigen.

Als wir die Damen Suzuki unter unzähligen Verbeugungen verabschiedet hatten, strahlte meine Mutter mich an. »Eine wunderbare Person, habe ich es dir nicht gesagt?«

»Bist du sicher? Ich hatte den Eindruck, den Unterricht bei dir empfindet sie eher als so etwas wie Mathematik-Nachhilfe. Sie schien keine musikalische Leidenschaft zu haben.«

»Ach, was du wieder redest. Leidenschaft! Bist du dafür nicht ein paar Jahre zu alt? Sie hat Talent, ich sage es dir. Natürlich nicht so viel wie du, das wäre auch nicht gut. Aber ihr könntet geniale Musikerkinder zeugen!«

»Mutter! Für Leidenschaft bin ich zu alt, aber für Kinderzeugen nicht? Reicht dir dein Enkel nicht?«

»Natürlich nicht. Und Yuna ist erst Anfang vierzig, da ist noch längst nicht Schluss.«

Ich seufzte. Auch ohne hinzusehen, wusste ich, dass sie mit hocherhobener Nase und einem Siegerlächeln durch das Haus stolzierte und den Tisch aufräumte.

Erschöpft zog ich mich ins Gästezimmer zurück und warf einen Blick auf mein Handy. Eine Nachricht von Mona. Sie fragte, ob das Fotoshooting ein Erfolg gewesen war, und mit einem Lächeln setzte ich mich aufs Sofa, um ihr zu antworten. Von meiner Begegnung mit Frau Suzuki sollte sie besser nichts erfahren.

– Mona –

»Dann hat unser Ablenkungswochenende ja gar nichts gebracht.«

Janine wirkte ehrlich enttäuscht, während sie einen heruntergefallenen Weihnachtsstern aus Papier reparierte und neu arrangierte.

»Ich habe einfach keine Ruhe, ich muss doch etwas tun können. In seinen Nachrichten schreibt er natürlich nichts davon. Vielleicht bilde ich mir alles auch nur ein, aber wenn er doch gerade diese Japanerin trifft … Das würde das ganze Weihnachten versauen.«

Siebzehn ... achtzehn ... Ich verteilte die letzten beiden Schokoladengeschenke auf den Tischen. Der Aufbaukurs »Konversation II« hatte wirklich gute Fortschritte gemacht. Sie würden sich später über die kleine Aufmerksamkeit freuen.

»Na, alles in Ordnung bei euch?« Yumi schaute zur Tür herein. Sie trug ihre niedlichen Rentierohren.

»Nichts ist in Ordnung«, sagte Janine. »Da wollte ich mit gutem Beispiel vorangehen und habe mich extra schön betrunken für Mona, und was macht sie? Denkt immer noch nur daran, wie sie Ken aus den Fängen einer bösartigen Japanerin befreien kann. *No offence.*«

»Ah, was hat seine Mutter denn jetzt wieder angestellt?«

»Korrigiere: *zwei* Japanerinnen«, ergänzte Janine.

»Ach, nichts Neues«, sagte ich. »Wahrscheinlich rede ich mir das alles nur ein. Aber du weißt nicht zufällig, wo man die Adresse von japanischen Bekannten in Erfahrung bringen könnte?«

Yumi lachte, als sie meinen gespielt unschuldigen Gesichtsausdruck sah. »Tut mir leid, ich weiß nur, wo übermorgen ein richtig cooles Konzert stattfinden wird. Ihr müsst unbedingt mitkommen.«

»Wir sind ganz Ohr«, sagte Janine.

»20 Uhr, Bahnhof Ueno, Dresscode: Schwarz, aber nicht zu warm. Schließlich wird da heftig getanzt.«

»Du bist wohl wieder auf den Geschmack gekommen. Kommt Fabian auch mit?«, fragte ich.

»Das ist dir also wichtig, ja?« Janine hob höhnisch die Augenbrauen und schnalzte mit der Zunge. »Soso, zwei Eisen im Feuer, Mona.«

»Blödsinn. Er hatte mir nur auch von einem Konzert in Ueno erzählt.«

»Ja, genau«, fiel Yumi ein. »Er ist auch mit von der Partie.« Und mit ausgestrecktem Arm Richtung Janine fügte sie hinzu: »Und sein Kumpel vom Judo: Tsuyoshi.«

»Tsuyoshi!«, flötete Janine wie auf Bestellung, obwohl sie ihn, wie sich später herausstellte, zu dem Zeitpunkt noch gar nicht kannte. Sie war einfach dauerhaft auf Partnersuche.

»Und damit ich dann nicht so alleine bin, wollte ich auch meinen Verlobten mitnehmen. Ich muss ihn nur noch irgendwie überreden.« Yumi kratzte sich am Kopf und zuckte mit den Schultern.

»Wie cool, dann lernen wir ihn auch mal kennen!«, riefen Janine und ich im Chor. Das Lachen von uns dreien war sicher bis hinunter ins Café zu hören.

Als ich mich am Mittwochabend in einen schwarzen Rock und ein schwarzglitzerndes, ärmelloses Oberteil schmiss und im Bad eine Stunde damit verbrachte, meine Haare discotauglich zu stylen, fiel mir auf, wie lange es her war, dass ich mich so aufgebrezelt hatte.

Ich drehte die Musik aus meinem Laptop lauter, auf dem ich eine Youtube-Party-Playlist ausgewählt hatte. Rihanna forderte *Please don't stop the music* und Shantel sang *Disko Disko Partizani*.

Zwischendurch überprüfte ich immer wieder mein Handy. Ken schien keine Spur eifersüchtig zu sein, dass ich mit ein paar Freunden nachts die Clubs unsicher machen wollte. Er wünschte mir viel Spaß und erzählte im Gegenzug vom üppigen Essen, das seine Eltern ihm kredenzten, langen Gesprächen und Spaziergängen, die sie gemeinsam unternahmen. Ob sie das Thema, das zwischen uns hing, angesprochen hatten, konnte ich nicht aus ihm herauskriegen. Er blieb wie ein Buch mit sieben Siegeln für mich. Das musste sich ändern!

Aber nicht heute Nacht. Heute wollte ich vor Janine betrunken sein. Was? Ich war selbst über diesen Gedanken überrascht und kicherte vor mich hin. Die kleine Dose Sekt, die ich mir gegönnt hatte, entfaltete ihre Wirkung und ich tanzte ausgelassen zur Musik. *Disko Disko Partizani*!

Die Abendluft war mild und ich fror zum Glück kaum in meiner schwarzen Lederjacke. Ich schämte mich ein bisschen, dass meine Armreifen beim Laufen klimperten, und war froh, als ich am Treffpunkt vorm

Bahnhof Ueno eintraf. Alle außer Janine waren schon da und standen im Kreis zusammen, Fabian mit dem Rücken zu mir. Als sie auf mich aufmerksam wurden, drehte er sich um.

War da ein Staunen auf seinem Gesicht? Ich begrüßte die anderen und sah aus dem Augenwinkel, wie er mich verstohlen von oben bis unten betrachtete.

Tsuyoshi war ein schlanker Japaner mit schwarzer Kappe und kräftiger Schultermuskulatur. Er wirkte aufgeschlossen und lachte nach beinahe jedem Satz. Yumis Verlobter wirkte zunächst ruhig und zurückhaltend, er stand immer einen halben Fuß hinter ihr und sprach nur, wenn er angesprochen wurde. Sie alle waren tatsächlich komplett in Schwarz gekleidet. Als ich Fabian begrüßte, machte er große Augen und es belustigte mich, zu sehen, dass ihm beinahe der Mund offen gestanden hätte. Er bemerkte es selbst und bemühte sich sofort, ganz normal zu bleiben.

Der ganze Bahnhof erfuhr davon, als Janine wie immer ein wenig zu spät eintraf. Schon von Weitem winkte sie uns lauthals zu und sang irgendwelche Songzeilen. Zum Glück schwenkte sie nicht noch eine Bierflasche in der Hand. Alkohol auf der Straße zu konsumieren, war ein Unding in Japan und wäre nicht nur mir sehr peinlich gewesen.

Auf dem Weg zur Bar wollten wir endlich wissen, welche Rockband wir nun heute Abend sehen würden und warum alle so begeistert von ihr waren.

»Das wissen wir selbst nicht und das ist das Coole«, sagte Tsuyoshi begeistert. »Es ist so etwas wie ein Überraschungskonzert. Niemand weiß, welche Band kommen wird, außer natürlich die Veranstalter. Aber es ist auf jeden Fall eine berühmte.«

»Das macht der Club zweimal im Jahr und wir sind nur durch Glück an Karten gekommen«, fügte Fabian hinzu. »Es ist wie eine Sneakpreview im Kino. Man weiß nicht, was man kriegt. Deshalb heißt es ja *Mystery Night*!« Er beschrieb mit ausgebreiteten Händen einen Kreis wie ein Magier.

»Okay, du musst mir noch sagen, wie viel Geld ihr von uns bekommt.«

»Nichts. Das ist die Besonderheit. Die Karten werden verlost und einfach verschenkt. Yumi und ich haben jeder drei Karten gewonnen. Abgefahren, oder? So viel Glück im Spiel, das heißt dann wohl ...« Er schaute mich erschrocken an und schluckte. »Na ja, wird bestimmt ein geiler Abend!«

Ich pflichtete ihm bei und freute mich aufs Konzert, obwohl ich kaum eine japanische Rockband kannte. Aber allein mit jungen Leuten in meinem Alter um die

Häuser zu ziehen und japanische Kultur zu erleben, erfüllte mich mit Vorfreude.

Wir holten uns am Eingang zum *Fire Punch* unseren Stempel am Handgelenk ab und stiegen die Stufen hinunter in den dunklen Club. Nach der Garderobe ging es links zu den Toiletten und rechts an die Bar, während geradeaus der ausladende Discoraum auf uns wartete. Die Bühne war nicht zu übersehen und schon voll ausgestattet mit Boxen, Schlagzeug und Mikrofonständern. Die Rückwand des Saals war mit Bänken bestückt und an der rechten Raumseite fanden sich tatsächlich zwei längliche Käfige für besonders verrückte Tanzeinlagen. Lichteffekte und Discokugeln waren bereits im Gange und der Raum halb gefüllt mit fast ausschließlich schwarz gekleideten, tanzenden Menschen.

Ich musste etwas schreien, um mich Yumi verständlich zu machen: »Warum ist denn eigentlich Schwarz angesagt?«

»Ich weiß nicht. Vielleicht weil es eine mysteriöse Farbe ist, passend zur *Mystery Night*?«

Das leuchtete mir ein. Da uns die Musik und die noch halbwegs leere Tanzfläche gefielen, begannen wir zu tanzen. Janine hakte sich irgendwann bei mir unter und drückte mir ihren freizügigen Ausschnitt ins Blickfeld.

»Du siehst toll aus in dem Kleid«, sagte ich zu ihr.

»Du auch, Schnucki! Aber tut mir leid, dass ich dich enttäuschen muss. Heute versuch ich's lieber bei Tsuyoshi.«

»Ja, mach mal, er scheint nett zu sein. Und langsam ähnlich aufgekratzt wie du.«

Plötzlich stand Fabian mit zwei Flaschen Bier vor uns. »Habt ihr Durst?«

Janine war beeindruckt. »Ui, ein echter Gentleman! Danke schön.«

Er holte die dritte Flasche für sich aus seiner Hosentasche und wir stießen mit den anderen an. Ich konnte allmählich nicht mehr aufhören, zu grinsen.

Als es auf 22 Uhr zuging, war der Club bis zum Bersten gefüllt und die Stimmung sehr energiegeladen. Vielen der tanzenden Männer stand bereits der Schweiß auf der Stirn, sogar Yumis Verlobtem. Ich war überrascht, wie sehr er sich der Musik hingab und ausgelassen mit Yumi tanzte. Janine konzentrierte sich auf Tsuyoshi und dieser schien das Interesse zu erwidern. Dadurch hatte ich auf ganz natürliche Weise die volle Aufmerksamkeit von Fabian. Er hatte die Ärmel seines schwarzen Hemdes hochgekrempelt und seine Beine steckten in zerrissenen schwarzen Jeans. Rhythmisch, aber noch zurückhaltend bewegte er sich zur Musik.

Im nächsten Moment wurde die Musik leiser und die Scheinwerfer kreisten um die Bühne. Die Menge schrie voller Vorfreude auf und alle Blicke richteten sich nach vorn. Jetzt ging es los!

Ein komplett in Weiß gekleideter Moderator sprang auf die Bühne und verkündete, dass der Haupt-Act des Abends nun bereit sei, uns eine unvergessliche Nacht zu bescheren. Janine, Fabian und ich tauschten gespannte Blicke aus.

»Zum Glück war der Dresscode nicht Weiß. Das steht mir überhaupt nicht«, sagte Janine.

Der Moderator verschwand und die Bühne wurde wieder dunkel. Aufgeregtes Gemurmel machte sich im Publikum breit.

»Ich hol noch mal Getränke, willst du auch?«, flüsterte Fabian ganz nah an meinem Ohr.

»Ausgerechnet jetzt?«, rief ich ein bisschen zu laut.

»Ja, geht doch schnell.«

»Okay, dann gerne.«

Er verschwand und ich spürte Janines Blicke auf mir. Ich starrte, ohne ein Wort zu sagen, zurück und wandte mich dann der Bühne zu. Passierte da nicht etwas? Da huschte auf jeden Fall jemand zwischen den Instrumenten hin und her.

Im nächsten Moment hörten wir eine tiefe Bassgitarre. Kurz darauf ein Schlagzeug und bevor die anderen Gitarren einsetzten, schrie das Publikum bereits auf. Die Leute neben mir schlugen sich die Hand vor den Mund und alle sprangen in die Luft.

Der schnelle Takt nahm mich sofort mit, Spotlight auf den Sänger, was passierte hier? Vier junge Männer standen auf der Bühne, perfekt ausgeleuchtet spielten sie sich die Seele aus dem Leib und der ganze Raum grölte nach den ersten japanischen Strophen und dem Refrain gleichzeitig *Haruka Kanata*. Die Leute waren völlig außer sich.

»Oh mein Gott, das ist AKG!«, schrie Fabian mir von hinten ins Ohr.

»Hä, wer?«

»Asian Kung-Fu Generation, ich raste aus, *tsutau yo motto saaa!*«

Der ganze Raum bebte vor springenden Menschen und ich sprang einfach mit. Was für eine packende Musik! Und jeder kannte den Text. Wie gern hätte ich mitgesungen. Die Leute vergaßen alles und jeden um sich herum. Die Band legte einen wirklich fulminanten Start hin. Mehrere Strophen, noch einmal der Refrain und so abrupt wie der Song begonnen hatte, war er auch wieder vorbei. Frenetischer Jubel brandete auf und ließ den Saal erbeben.

Fabian musste mein verwirrtes Gesicht bemerkt haben. »*Naruto*, die Anime-Serie? Kennst du doch, oder nicht? Das war der Song dazu! AKG!«

Ich hob entschuldigend Schultern und Hände und er fasste sich schockiert an die Stirn.

»Du kennst AKG nicht? Ich glaub's nicht! Wie geht das?«

Die vier Jungs vorne auf der Bühne starteten schon den nächsten Song und ich ließ mich einfach darauf ein.

Sie rockten die Bühne wie Superstars und so, wie die Menge abging, waren sie das auch. Ich blickte in die Runde und sah Yumi, Janine und Tsuyoshi ebenfalls vor Begeisterung völlig ausflippen. Nur Yumis Verlobter stand wie ich ein wenig verloren da und nickte im Takt. Die eingängigen Rhythmen fuhren uns aber trotzdem in die Beine und wir tanzten schließlich mit. Bei der Musik konnte man einfach nicht stillstehen.

Mindestens eine halbe Stunde lang heizte uns AKG ordentlich ein. Der Club wurde zum Hexenkessel.

Gerade als die Stimmung auf dem Höhepunkt war, verabschiedeten sich die Jungs leider. Alles Flehen und Bitten nach einer Zugabe half nichts. Dass nach dreißig Minuten Schluss war, war Teil der *Mystery Night*.

»Wow, ich glaub's nicht, dass wir AKG gesehen haben! Das ... das ...« Janine fehlten die Worte.

»Die waren echt saucool, ich bin froh, dass ich nicht so viel angezogen habe«, sagte ich. Die Temperatur in der Bar war spürbar gestiegen und ich spürte Schweiß unter meinen Achseln.

Fabian schaute immer noch mit offenem Mund Richtung Bühne, seine Arme hingen schlaff an den Seiten herunter und er rührte sich nicht vom Fleck.

»Hallo!« Tsuyoshi wedelte mit seiner Hand vor Fabians Nase herum. »Jemand zu Hause?«

Er gab Fabian einen Klaps gegen die Schulter und versuchte ihn wieder in die Gegenwart zurückzuholen. Aber alles, was aus dem Träumer herauszuholen war, war, dass er sich zu uns umdrehte und den Mund zuklappte, nachdem er noch mal »Wow!« gesagt hatte.

Tsuyoshi gab es lachend auf. »Komm erst mal klar, Mann! Janine, gehen wir was zu Trinken holen?«

Janine reichte ihm die Hand und er zog sie aus dem Saal. Schmunzelnd ging ich auf Fabian zu. »Du bist ja wirklich völlig fertig.«

Wir standen etwas hilflos unter der großen Discokugel in der Mitte des Raums, der sich allmählich wieder füllte. Die Musik wurde hochgedreht und die Leute, die sich an der Bar eine Erfrischung geholt hatten, strömten zurück in den Saal. Ab jetzt stand nur noch Tanzen auf dem Programm.

Ich zog Fabian von der Mitte der Tanzfläche zum Rand und setzte ihn auf eine der Bänke. Das Rot der Aufregung wich aus seiner Haut und allmählich nahm sein Gesicht wieder eine normale Farbe an. Ich schaute mich um und sah Yumi und ihren Verlobten völlig ins Tanzen vertieft. Die wahrscheinlich weltweit üblichen Clubsongs liefen jetzt immer im Wechsel mit japanischer Musik. Ich spürte meine trockene Kehle. Wo blieben Janine und Tsuyoshi?

»Ich glaube, wir sollten etwas trinken«, sagte Fabian.

»Ja, sehe ich auch so. Na, komm.« Ich griff unter seinen Ellbogen, aber er stand von alleine auf und ging festen Schrittes vor mir durch die Menge Richtung Ausgang. In seinem Windschatten kam ich gut an den tanzenden Menschen vorbei. Vielleicht trafen wir Janine und Tsuyoshi ja an der Bar. Oder hatten sie sich etwa schon heimlich davongeschlichen?

Plötzlich griff Fabian nach meiner Hand und statt zur Bar zog er mich Richtung Ausgang. Auf der Treppe nach oben kam uns eine Menge Leute entgegen. Der Club bewegte sich wohl auf seine Primetime zu, es wurde immer voller.

Draußen japste Fabian nach Luft, als hätte er die letzten Stunden in einem zugeknoteten Kartoffelsack gesteckt. Er stützte sich mit den Händen auf den Knien ab und atmete tief ein und aus. Ich sog die kühle Nachtluft ein und spürte meinen Körper pulsieren. Die ersten Drinks zeigten ihre Wirkung. Langsam strich ich Fabian über seinen Rücken. »Geht's wieder?«

»Ja.« Mit einem Ruck richtete er sich auf, stützte die Hände in die Hüften und drückte die Wirbelsäule durch, den Blick zum Nachthimmel über Tokyo gerichtet. »Sorry, dass ich so komisch drauf bin, aber das hat mich echt umgehauen. Ich hätte nie gedacht, dass ich AKG mal live sehen würde. Wahnsinn. Und dann mit dir ... Mit dir macht's einfach viel mehr Spaß! Ich bin total froh, dass du mitgekommen bist.«

Er strahlte mich an und ich konnte nicht anders, als zurückzugrinsen. »Ich bin auch megahappy, das ist ein richtig cooler Laden. Ihr seid alle so lieb und witzig, ich freu mich, dass ich euch kennengelernt habe. Und jetzt habe ich richtig Lust, zu tanzen.«

»Erst was trinken.« Fabian lächelte und hielt mir die offene Hand hin. Ich überlegte nur einen winzigen Augenblick, dann griff ich danach und er zog mich zurück auf die Treppe, die hinunter ins *Fire Punch* führte.

Beyoncés *Single Ladies* schallte uns entgegen. Fabian warf einen Blick zu mir zurück, grinste und bog dann ab zur Bar. Die war inzwischen viel voller als zuvor und das Publikum war bunt gemischt. Etwa zur

Hälfte Ausländer, zur Hälfte Japaner. Janine und Tsuyoshi konnte ich jedoch nirgends entdecken. Vielleicht waren sie inzwischen wieder auf dem Dancefloor.

Fabian hatte uns zwei Gin Tonics organisiert. Wir suchten uns eine halbwegs ruhige Ecke neben der Bar und stießen mit unseren Gläsern an. So dicht standen wir zusammen, dass sich dabei unsere Handgelenke berührten. Fabian schien jetzt wieder vollkommen wach. Ein wenig angeheitert, ja, aber seine Augen waren hell und klar.

Ich konnte gar nicht so schnell gucken, wie mein Glas schon wieder leer war. Ein unbändiger Durst hatte mich ergriffen und eine ebenso unbändige Lust, zu tanzen. Die Musik wechselte zu Rihannas *Please don't stop the music* und mein Herz machte einen freudigen Hüpfer. Mit einem Kopfnicken bedeutete ich Fabian, auszutrinken, damit wir endlich tanzen konnten. Er lächelte und stürzte das letzte Drittel seines Drinks hinunter.

Kaum hatte er sein Glas auf dem nächstbesten Tisch abgestellt, griff ich nach seiner Hand. Diesmal zog ich ihn hinter mir her, in Richtung des vernebelten und vor Schweiß und Atem dampfenden Discoraums. Schulter an Rücken, Bauch an Hüfte mussten wir uns zwischen den anderen tanzenden Gästen hindurchquetschen, um einen kleinen Quadratmeter Platz für uns zu finden.

»Just escape into the music, DJ, let it play!«

Die Leute sangen mit und wir taten es ihnen gleich. Augenblicklich standen mir Schweißperlen auf der Stirn, Fabian knöpfte nun auch den zweiten Knopf seines Hemds auf. Noch vor wenigen Stunden war ich zu dem Song durch Kens Badezimmer getanzt und hatte Lidschatten aufgelegt. Jetzt ließ ich in einem brodelnden Tanzschuppen zur selben Musik alle Anspannung los und gab mich der Musik hin.

»We're rocking on the dance floor, acting naughty.«

Fabian griff nach meinen Handgelenken und legte sie hinter seinen Kopf auf seinen Schultern ab. Unsere Blicke verschränkten sich immer mehr, als er die Hände vorsichtig auf meine Hüften führte.

»Your hands around my waist, just let the music play.«

Zum Refrain bewegten wir unsere Hüften im selben Takt. Fabian hatte gute Moves drauf und ich konnte ihm leicht folgen, aber das Mitsingen überließ er mir und den etwa 200 anderen Gästen.

»I wanna take you away, just escape into the music, DJ, let it play.«

Der Beat bebte in meinem Körper, ich sog die stickige Luft in die Lungen ein und unter meinen

Fingern spürte ich Fabians Haaransatz in seinem Nacken.

»Please don't stop the, please don't stop the, please don't stop the music.«

Nein, ich wollte wirklich nicht, dass die Musik aufhörte. Mein Herzschlag pulsierte im Takt. Wie das Epizentrum eines Erdbebens dröhnte unsere Energie ins nächtliche Tokyo. Die Lichtblitze warfen bunte Linien auf unsere Gesichter. Alle paar Minuten wurde ein anderer Teil des Raumes von der Nebelmaschine eingeräuchert, bis alle Linien und Grenzen immer mehr verschwammen.

– Mona –

Das Licht fiel eindeutig zu hell durch die weißen Vorhänge. Ich bekam die Augen nur zur Hälfte auf. Mein Kopf war schwer wie Blei und ich hatte das Gefühl, wenn ich ihn zur Seite drehte, würde etwas in meinem Nacken kaputt gehen.

Wie spät war es? 7:34 Uhr, sagte mein Handy. Oh Gott, warum konnte ich denn nicht länger schlafen? Wir waren doch erst um zwei im Bett gewesen und heute hatte ich frei.

Fabian! Der Gedanke durchzuckte mich und schmerzte wie ein Nadelstich im Hinterkopf. Ob er gut nach Hause gekommen war? Er hatte ziemlich gebechert und konnte schon nicht mehr geradeaus laufen, als wir uns voneinander verabschiedet hatten.

Und was war mit den anderen? Janine und Tsuyoshi hatte ich den ganzen Abend nicht mehr gesehen. Auch keine Nachricht auf meinem Handy. Mit Yumi und ihrem Verlobten hatten wir noch ein paar Worte gewechselt, um die beiden machte ich mir keine Sorgen.

Sie hatten anscheinend fast nichts getrunken, so nüchtern und trotzdem fröhlich, wie sie gewirkt hatten.

Ich war jetzt hellwach. Mir graute zwar vor dem Aufstehen und davor, meinen Körper in eine senkrechte Position zu bringen, aber ich wusste, dass ich nicht mehr einschlafen können würde.

Heute brauchte ich nicht ins Goethe-Institut und morgen hatte es wegen der bevorstehenden Feiertage bereits geschlossen. Also hatte ich schon jetzt Urlaub.

Weihnachtsurlaub. Ich sollte mir langsam Gedanken um die restlichen Geschenke machen. Ein kleines Paket war bereits auf dem Weg nach Deutschland und für Yumi hatte ich auch schon eine Kleinigkeit. Fehlten noch Janine und …

Behutsam drehte ich mich vom Rücken auf den Bauch. Das Bett war so gemütlich.

Sollte ich Ken etwas schenken?

Die Frage hätte ich noch vor einer Woche mit einem klaren Ja beantwortet. Aber jetzt war ich mir gar nicht mehr so sicher. Warum nur? Es war doch noch gar nichts erwiesen. Ich hatte nur ein Foto gefunden, einen blöden Spekulationsirrsinn in meinem Kopf begonnen und mich seither im Kreis gedreht.

Langsam stützte ich mich auf den Unterarm, drehte mich zur Seite und schlug testweise die Decke zurück. Gar nicht so kalt. Also nahm ich mir drei Dinge vor.

Erstens: Ken etwas zu Weihnachten zu schenken.

Zweitens: Ihn darauf anzusprechen, was es mit der seltsamen Heiratskandidatin auf sich hatte. Am besten so schnell wie möglich. Vielleicht bekam ich doch irgendwie heraus, wo seine Eltern wohnten.

Drittens: Frühstücken.

Nach einer Dusche, der dritten Tasse Kaffee und einem Joghurt mit frisch geschältem Apfel und Kaki fühlte sich mein Kopf um einiges leichter an.

Auf meinem Handy gab es immer noch keine Nachrichten von den anderen Partyverrückten. Als schrieb ich ihnen und fragte bei Fabian und Janine nach, ob es ihnen gutging.

Währenddessen zog mich Kens Musikzimmer wie magisch an und ich ging hinüber, um vielleicht doch einen Hinweis auf die Adresse seiner Eltern zu finden. Er bewahrte hier neben seinen Noten, Pflegeutensilien für sein Cello, CDs, Metronom und Loop Station auch irgendwo eine Kiste mit Fotos auf. Davon hatte er mir mal erzählt. Ich schob einige Ordner zur Seite, zog ein paar Schubladen auf und fand schließlich eine kleine rechteckige Papierschachtel, cremeweiß mit dunkelgrünen Zierstreifen an den vier Ecken des Deckels. Das musste sie sein.

Vorsichtig öffnete ich die Schachtel und war etwas überrascht. Sie war leerer, als ich angenommen hatte. Mit einer Hand konnte ich den etwa fünf Zentimeter hohen Stapel Fotos herausnehmen. Der Stuhl knarzte, als ich mich setzte und die Fotos eins nach dem anderen durchging.

Ken mit Zuschauern seiner Konzerte, mit Freunden im Restaurant, ein paar Landschaftsaufnahmen. Ich stieß ein kurzes Lachen aus, als ich sogar mich auf einem der Fotos wiederfand. Das musste das letzte Konzert vor meiner eigentlich geplanten Abreise gewesen sein. Ja, da hatte alles angefangen.

Verträumt blätterte ich weiter und nun tauchte auch Kogoro auf den Fotos auf. Einige Japaner und Japanerinnen, die ich nicht kannte. Auch Kinder. Keins der Fotos zeigte Ken ein wenig vertrauter mit einer Frau. Hatte er kein Bild von seiner damaligen Frau aufgehoben? Oder vielleicht bewahrte er es an einem anderen Ort auf. Wie gerne hätte ich sie einmal gesehen.

Es folgten Fotos von einem Garten mit einem Teich und einem kleinen roten Torii. Es war zwar ein rotes Holztor, aber kein großes Eingangstor zu einem Schrein. Eher ein Kleines, das zur Dekoration anscheinend auf einem Privatgrundstück stand. Auf dem nächsten Bild waren Kogoro und Ken anscheinend vor dem dazugehörigen Haus abgebildet. Und zwischen ihnen standen ihre Eltern. An die etwas hochnäsige Körperhaltung der Mutter erinnerte ich mich. Wie klein die beiden neben ihren hochgewachsenen Söhnen wirkten. Aber gut, sie waren bereits über siebzig.

Das war allem Anschein nach wirklich das Haus von Kens Eltern. Er hatte ein paar Mal von dem schönen Garten geschwärmt, nur das rote Torii hatte er nie erwähnt. Konnte es das wirklich sein?

Ohne länger darüber nachzudenken, nahm ich die Schachtel mit den Fotos mit an den Esstisch, klappte meinen Laptop auf und schaltete die Satellitenbilder von Google Earth ein. Ein Einfamilienhaus mit Garten, Teich und Torii … im Westen Tokyos, hatte Ken gesagt … genauer: Hachioji. Das konnte doch nicht so schwer sein.

Aber solange ich mich auch durchklickte und ins Bild hinein- und wieder herauszoomte, das Haus mit dem Garten vom Foto ließ sich einfach nicht finden. Nach zwei Stunden penibler Suche gab ich auf. Das hatte doch alles keinen Zweck. Und peinlich war es obendrein.

Entnervt klappte ich den Laptop wieder zu und verstaute die Papierschachtel samt Fotos wieder sorgfältig in Kens Musikzimmer.

Ich nahm mein Handy in die Hand, um zu schauen, ob Janine inzwischen aufgewacht war. Soweit ich wusste, hatte sie heute Nachmittag noch ein paar Stunden Unterricht. Als ich über dem Messenger-Icon eine kleine rote Eins sah, die mir eine neue Nachricht anzeigte, hatte ich plötzlich eine Idee, wie ich vielleicht doch noch herausfinden konnte, wo Ken sich gerade aufhielt.

– Ken –

»Deine Mutter wird sich schon etwas dabei gedacht haben, Junge.« Vater verschwand wieder in der Küche. Er war, was die Sache mit Frau Suzuki anging, keine Hilfe. Das hätte mir eigentlich klar sein müssen.

Aber was hatte ich sonst noch mit dem alten Mann zu bereden? Vom Angeln verstand ich nichts und den frischen Fisch, den wir gleich auf dem Teller haben würden, hatte ich schon genug gelobt, obwohl ich noch keinen Bissen probiert hatte.

Er kam aus der Küche zurück und trug die drei kleinen Schalen mit Salat herein. »Hat sich dein Bruder schon gemeldet?«

»Seit vorgestern nicht mehr. Er wollte sich noch entscheiden, ob er heute oder erst morgen kommt.«

»Typisch«, grummelte er.

»Warum?«

»Ach, er bleibt doch immer so vage und kann sich nicht festlegen.« Mit dieser Feststellung setzte er sich an seinen angestammten Platz und wartete, dass der Tisch fertiggedeckt werden würde. Wie üblich half er dabei mit genau einer einzigen Sache, damit man ihm nicht vorwerfen konnte, er hätte nicht geholfen. Seit er verheiratet war, hatte er sicher kein einziges Mal selbst gekocht.

»Damit hatte ich bei ihm nie Probleme. Es ist doch in Ordnung, sich mit einer Entscheidung ein wenig Zeit zu lassen«, sagte ich.

»Wenn es darum geht, deine Eltern zu besuchen, dann ist das keine Entscheidung.« Er hatte die Arme auf die hölzernen Stuhllehnen gelegt und starrte unwirsch vor sich hin. Seine Mundwinkel zuckten und ich wusste, das war alles, was er zu diesem Thema zu sagen hatte.

»Kensuke!«, rief Mutter aus der Küche. Sie brauchte Hilfe mit dem schweren *Nabe*-Topf und dem Gaskocher. Wie herrlich die Suppe dampfte: Kürbis, Chinakohl, Karotten, Pilze, Nudeln.

Ich trug alles zum Tisch und Mutter brachte den fein filetierten Fisch auf drei kleinen Vorspeisentellern mit. Den Fisch, den Vater mit einem Freund geangelt hatte. Wenn ich ihn aß, würde ich noch einmal betonen müssen, wie gut er schmeckte. Sonst würde Vater wütend werden und den ganzen Tag kein Wort mehr sagen. Das Spiel spielten wir nun schon mehr als dreißig Jahre und manche Dinge änderten sich eben nie.

Als ich gerade den ersten Bissen Salat im Mund hatte, klingelte es an der Tür. Wer störte denn hier um die Mittagszeit? Die war den Nachbarn und Freunden im Viertel heilig, genauso wie der Abend ab 19 Uhr.

»Ich gehe schon«, sagte ich, da meine Mutter keine Anstalten machte, sich zu erheben. Normalerweise ging sie zur Tür, da mein Vater jeden Besuch augenblicklich vergraulte. Auf dem Weg bemühte ich mich, den letzten Bissen herunterzubringen, doch als ich die Tür öffnete, verschluckte ich mich daran.

Ich hustete und röchelte und versuchte, das quersitzende Stück aus der Luftröhre zu bekommen. Erst vorsichtig, dann immer kräftiger klopfte Mona mir auf den Rücken.

»Oh, sorry, das wollte ich nicht«, sagte sie und klopfte noch ein paar Mal. »Geht's wieder?«

Immerhin bekam ich wieder Luft, der Bissen musste sich also in eine gute Richtung bewegt haben. Nach ein paar Mal Räuspern konnte ich wieder sprechen, auch wenn ein brennendes Gefühl in meiner Kehle zurückblieb.

»Was machst du denn hier?«, krächzte ich. »Komm rein! Wenn dich jemand sieht …«

»Oh, das ging schneller als gedacht. Danke.«

Sie hatte eine seltsame Attitüde aufgelegt, die ich nicht einordnen konnte. Eine ungute Vorahnung kroch mir in den Nacken. Ich schloss die Haustür hinter Mona und konnte sie einen Augenblick lang nur stumm ansehen, während ich mir den Mund mit einer Serviette betupfte. Sie war nicht verletzt und schien auch sonst in guter Verfassung zu sein, also war es kein Notfall, der sie hergeführt hatte. Das beruhigte und alarmierte mich zugleich. Was wollte sie hier?

»Sorry, dass ich einfach so auftauche, aber ich wollte dich sehen und in Ruhe mit dir sprechen und … Sag mal, was meinst du eigentlich mit *Was, wenn dich jemand sieht*?«

In meinem Rücken hörte ich Schritte.

»Oh, wen haben wir denn da, mein lieber Kensuke? Haben wir etwa Besuch?« Mutter kam natürlich genau im richtigen Moment nach vorn in den Eingangsbereich und flötete Mona ihren künstlichen Liebreiz entgegen. »Sie müssen verzeihen, junge Dame, wir hatten gar nicht mit Besuch gerechnet. Es tut uns leid, dass es hier so unordentlich ist.«

»Ich bitte Sie, ich muss mich entschuldigen, dass ich so unangekündigt auftauche und Ihre wohlverdiente Mittagsruhe störe. Das tut mir aufrichtig leid, bitte machen Sie sich keine Umstände«, entgegnete Mona mit so sorgfältig gewählten Worten, dass ich nervös wurde und das Verlangen in mir aufstieg, ihr den Mund zuzuhalten.

»Wenn Sie erlauben«, fuhr sie fort, »ich bin Mona, Kens *Freundin*, und ich möchte sehr gern das Missverständnis von neulich aus dem Weg räumen und mich einmal in Ruhe vorstellen, wie es sich gehört.«

Das hatte sie nicht wirklich gesagt!

Das durfte nicht wahr sein!

Unwillkürlich schloss ich die Augen, bereit, den kommenden Tsunami über mich rollen zu lassen.

»Ach, wie reizend«, sagte meine Mutter entgegen jeder Wahrscheinlichkeit. »Dann sind Sie doch nicht die Nachbarin. Unter uns gesagt: das hatte ich mir schon gedacht. Kensuke, nun bitte die Dame schon herein! Sie möchte sicher einen Tee haben und wenn wir nun schon beim Mittagessen sind ... Ein Platz ist noch frei.«

Fassungslos starrte ich meine Mutter an. Das konnte sie nicht ernst meinen, niemals. Aber sie zeigte ein so liebenswertes Lächeln, wie ich es nur selten an ihr sah. Mona blickte bescheiden zu Boden. War womöglich ich der Verrückte hier, der die ganze Show nicht verstand?

»Sehr wohl, ich meine, gern. Komm doch rein, Mona.«

Nachdem sie ihre Schuhe ausgezogen hatte, schob ich sie wie in Trance Richtung Esszimmer und knurrte ihr zu: »Das klären wir alles später!«

»Nanu, Besuch?«

Als Vater Mona sah, hellte sich sein Gesicht auf und er rappelte sich mühsam aus seinem Stuhl hoch. Die beiden nickten sich höflich zu.

»Bitte verzeihen Sie die Störung und machen Sie sich keine Umstände. Ich bleibe nicht allzu lange.«

»Oooh«, brummte mein Vater sonor, »Sie sprechen ja ausgezeichnet Japanisch. Herzlich Willkommen.«

Mutter hatte schon längst den Tee und das passende Geschirr geholt, damit Mona mit uns essen konnte. Ich saß wie ein unnützes Stofftier auf meinen Platz und schaute von einem zu anderen. Während Vater über Monas Anwesenheit aufrichtig erfreut schien, entdeckte ich bei Mutter nun doch eine Spur Unbehagen. Sie griff nach dem Schöpflöffel. »Möchten Sie etwas *Nabe*?«

»Ach, machen Sie sich bitte keine Umstände. Ein wenig Tee reicht mir wirklich.«

»Sie brauchen sich nicht zurückzuhalten. Draußen ist es doch kalt, Sie holen sich noch eine Erkältung. Nehmen Sie ruhig, es ist genug da.«

»Wenn Sie mich so lieb bitten, also gut, dann nehme ich eine kleine Portion.«

Mutter tat ihr auf und ich war überrascht von der sprachlichen Finesse, die Mona an den Tag legte. Es schien, als hätte sie sich sehr gründlich auf diesen Auftritt vorbereitet.

»Ist dir der Appetit vergangen, Kensuke?« Mutter riss mich aus meinen Gedanken.

Auch meine Eltern hatten nun etwas auf dem Teller und ich beeilte mich, es ihnen gleichzutun. »Nein, ich bin nur so … froh … dass Mona jetzt hier ist«, stammelte ich. »Ich hätte euch natürlich sehr gern vorgewarnt, aber so ist sie eben. Immer für eine Überraschung gut.«

»Das ist gut«, sagte mein Vater, »das hält die Liebe jung.«

Ein Schwapp Suppe tropfte von meinem Löffel hinunter in den Teller. Meine Mutter sah mich verblüfft an und ihrem Gesichtsausdruck nach hatten wir beide denselben Gedanken. Ich hatte noch nie das Wort Liebe aus dem Mund meines Vaters gehört.

»Es tut mir wirklich ausgesprochen leid, dass ich ohne Vorankündigung einfach hier aufkreuze. Aber ich wollte Kensuke unbedingt sehen. Es ist doch bald Weihnachten.«

Meinen vollen Namen aus ihrem Mund zu hören, war für mich sehr ungewohnt. Wie schnell sie sich an die Gepflogenheiten bei uns anpasste!

»Ich hatte gedacht, ich könnte das besser wegstecken, aber es fiel mir tatsächlich nicht leicht, so lange von ihm getrennt zu sein. Jetzt, wo wir schon zusammenwohnen.«

Meiner Mutter rutschte der Löffel unsanft aus der Hand und das Porzellan klirrte. Ein unsicheres Lächeln machte die Runde, aber Mona nahm den losen Gesprächsfaden geschickt wieder auf, als sei nichts geschehen. »Sie haben ein wirklich sehr schönes Haus. Wenn man im Zentrum von Tokyo lebt, hat man leider kaum noch Gelegenheit, so eine traditionelle japanische Bauweise zu sehen.«

»Das ist wahr. Interessieren Sie sich für japanische Architektur?«

Es entspann sich ein flüssiger Dialog zwischen den beiden Frauen, in dem Mona von ihrem Interesse für Japan erzählte, von ihrem Studium und schließlich davon, wie wir uns kennengelernt hatten. Meine Eltern nickten hin und wieder anerkennend und betonten, wie schön sie es fänden, Mona kennenzulernen. Auch wenn die Umstände andere waren, als sie sich vorgestellt hätten, seien sie doch froh, dass ich anscheinend eine Frau um mich hätte, die auf mich achtgab. Ich fand das alles unglaublich surreal und war zwischen Angst, Wut und dem Wunsch nach Harmonie hin- und hergerissen.

Konnte das wirklich unsere Zukunft sein? So, wie wir hier zu viert am Tisch saßen, ein reichhaltiges Mittagessen zu uns nahmen und (so seltsam es auch klang) ein angenehmes Gespräch führten? Meine Eltern wirkten so entspannt. Vater hatte einen sanften

Ausdruck in seinen Augen, wenn er Mona anschaute, warf mir aber ab und zu einen prüfenden Blick zu. Mutter lächelte immer mehr und schien den Blick kaum von Mona lösen zu können. Prüfte sie sie lediglich auf Herz und Nieren? Oder war all das nur eine Farce? Ein grandioses Schauspiel und sobald Mona unser Haus verlassen hatte, würden sie mich enterben?

Oder schlimmer noch: mich zur Heirat mit Frau Suzuki drängen. Etwas an ihr irritierte mich, aber so oft ich auch an unsere Begegnung zurückdachte, ich konnte nicht sagen, was es war.

»Kensuke, träumst du? Unser Gast würde sich jetzt gern ein wenig im Haus umsehen. Sei so gut und führ sie herum.«

Ich erkannte meine Mutter nicht wieder, nickte aber mehrmals hintereinander als Zeichen, dass ich sehr wohl zugehört hatte.

»Ich helfe Ihnen noch beim Abräumen«, sagte Mona, als meine Mutter sich bereits erhoben hatte.

»Nicht doch, das wäre mir unangenehm, Sie sind doch unser Gast. Gehen Sie ruhig mit Kensuke.«

»Aber es wäre auch mir unangenehm, wenn ich nicht wenigstens ein wenig helfen würde, nachdem Sie mich so freundlich aufgenommen und sogar bekocht haben. Es geht bestimmt ganz schnell.«

Und schon nahm Mona die Teller in die Hand und hinterließ einen Ausdruck flüchtigen Erstaunens auf dem Gesicht meiner Mutter. Während Mona schon Richtung Küche marschierte, schaute Mutter sprachlos zu mir. Ich konnte mir ein amüsiertes Lächeln nicht verkneifen. *Damit hast du nicht gerechnet, was?*

– Mona –

»Ach, Sie haben ja einen entzückenden Garten«, sagte ich mit Blick auf das rote Torii, das vom Esszimmer aus nicht zu sehen gewesen war. Hier vom Küchenfenster hatte man eine perfekte Sicht auf das rot lackierte Holzportal. Es war viel kleiner, als ich angenommen hatte.

Plötzlich hörte das Wasser auf zu rauschen. Kens Mutter hatte die Hand auf der Armatur und stand nur noch wenige Zentimeter von mir entfernt.

»Hör mal, Kleines«, zischte sie so leise, dass niemand außerhalb der Küche es hören konnte. Wir waren allein. »Wenn du glaubst, du kannst dich hier einschleusen, meinem Sohn den Kopf verdrehen und dich wie eine Made in unserem Leben einnisten, dann hast du dich geschnitten. Verstehst du das?«

Der nasse Teller klirrte, als ich ihn auf den Trockenbereich neben der Spüle stellte. »Verzeihen Sie, aber Sie sagten doch ...«

Sie rückte mir immer näher auf den Leib und mir blieb nichts anderes übrig, als Schritt für Schritt zurückzuweichen.

»Du verstehst wohl doch nicht so viel von unseren Gepflogenheiten. Das dachte ich mir. Schau dich doch mal an. Wie alt bist du? Du könntest seine Tochter sein. Und glaubst du ernsthaft, ich erlaube meinem ältesten Sohn, eine Ausländerin zu heiraten?« Sie spuckte das Wort förmlich in mein Gesicht.

»Aber es war doch gar keine Rede von Heirat«, protestierte ich.

»Ich weiß genau, was du willst. Geld. Das wollen alle jungen Frauen, die sich auf ältere Männer einlassen. Aber das kannst du dir aus deinem schönen blonden Köpfchen schlagen, verstanden?« Sie schob mich mit Brust und Bauch förmlich Richtung Küchentür.

»Ich denke, das sollten Sie schon Ken überlassen, mit wem er seine Zeit verbringen möchte. Er hat sein eigenes Leben und kann seine eigenen Entscheidungen treffen.«

»Ach ja? Das hat man gesehen, als er sich auf diese Frau aus Hiroshima eingelassen hat. Ich wusste gleich, dass sie zu schwach war, sein Halligalli-Musikerleben mitzumachen. Und energisch genug, ihn zu einem sesshaften Mann mit einem vernünftigen Job zu machen, war sie auch nicht. Nur folgerichtig, dass diese nutzlose Person aus Kensukes Leben geschieden ist. Vielleicht solltest du dir an ihr ein Beispiel nehmen.«

Ich blieb abrupt stehen, streckte meinen Rücken durch und stemmte die Hände in die Hüften. »Mit Verlaub, aber jetzt gehen Sie zu weit. Ich finde, es gehört sich nicht, so schlecht über Verstorbene zu reden.«

»Verstorbene? Yuriko ist doch nicht verstorben. Kindchen, lass dir nicht solche Lügen auftischen!«

Wortlos starrte ich sie an. Aber Ken hatte doch gesagt ...

»Ich gebe dir noch eine halbe Stunde, dann bist du aus meinem Haus verschwunden und lässt dich hier nicht mehr blicken. Du bist keine Frau für ihn, verstanden? Geh dahin zurück, wo du hergekommen bist!«

Wütend funkelte sie mich an, bis sich schlagartig ihr Gesicht aufhellte und sie lauter sprach. So laut, dass es auch im Nebenzimmer zu hören sein musste. »Also vielen lieben Dank, das war wirklich sehr reizend von Ihnen. Machen Sie sich bitte keine weiteren Umstände und genießen Sie die Führung durch unser bescheidenes Haus.«

Die Küchentür war aufgegangen und Ken steckte den Kopf durch den Spalt. »Kommst du?«, fragte er zu mir gewandt, bedachte seine Mutter aber mit einem prüfenden Blick.

Für einen Moment überlegte ich, ob ich es hier in der Küche zu einem offenen Schlagabtausch kommen lassen sollte. Aber während ich zwischen Ken und seiner Mutter hin- und herschaute, wurde mir klar, dass ich diesen Kampf nicht gewinnen konnte. Ich musste ihn auf einer anderen Ebene austragen.

– Ken –

Ich zeigte Mona halbherzig das Obergeschoss, das Gästezimmer und die ehemaligen Zimmer von Kogoro und mir, die nur noch wenige persönliche Gegenstände enthielten, da wir sie nur sporadisch nutzten. Mona ließ die Führung verbissen über sich ergehen. Wir beide spürten genau, dass die Stimmung am Tiefpunkt war. Bedächtig schloss ich die Tür meines ehemaligen Zimmers, damit wir reden konnten, aber sie kam mir zuvor.

»Deine Mutter tut vielleicht freundlich, aber sie hat etwas gegen uns. Hast du ihr deswegen die ganze Zeit nichts gesagt?«

»Moment mal, Mona ...«

»Du hast nicht mit ihnen gesprochen, oder?« So gereizt hatte ich sie noch nie erlebt. Sie kämpfte wie eine Löwin.

»Mona, bitte dämpf deine Stimme etwas, sonst hören sie uns.«

»Ich glaub's nicht. Du wolltest doch mit ihnen reden! Du hast es versprochen!« Sie war aufgewühlt und wirkte angriffslustig. Wann hatte ich das zuletzt erlebt, dass eine Frau meinetwegen so wütend war?

Ich nahm sie versöhnlich am Arm und führte sie die zwei Schritte bis zum Sofa an der Wand. »Hör mal, ich möchte wirklich keinen Streit, besonders nicht hier in meinem Elternhaus. Aber lass mich bitte mal etwas klarstellen.«

Wir setzten uns und sie schaute mich aus ihren grünbraunen Augen an.

»Du hast mich in eine wirklich schwierige Lage gebracht. Es ist sehr unjapanisch, einfach bei den potenziellen Schwiegereltern aufzutauchen, so uneingeladen, ohne Absprachen. Das ist einfach nur peinlich, damit verlieren alle Beteiligten ihr Gesicht, ganz besonders du und ich. Wie stehe ich denn jetzt da? Du hast mich bloßgestellt.«

Sie überlegte einen Moment, blinzelte, zwang sich anscheinend, ruhig zu bleiben, bevor sie antwortete.

»Ich kann verstehen, dass das nicht die beste Lösung war und dich vielleicht in eine schwierige Lage bringt. Aber das ist irgendwie auch nicht mein Problem, weißt du? Du verleugnest mich die ganze Zeit vor deinen Eltern und dabei hattest du mir versprochen, mit ihnen zu reden. Nur deshalb bist du doch zu ihnen gefahren. Oder war der eigentliche Grund vielleicht doch, dass du dich mit Yuna Suzuki treffen wolltest? Deine Mutter hat das doch eingefädelt, richtig?«

Ihr Blick traf mich direkt ins Herz. Ich interessierte mich nicht für Yuna Suzuki, aber gewehrt hatte ich mich schließlich auch nicht. »Woher weißt du von Frau Suzuki?«

»Du hast ihr Foto und den Brief offen rumliegen lassen. Ich bin einfach darüber gestolpert.«

Ich war sprachlos. Eine Schlinge zog sich allmählich um meine Kehle zu. Ruckartig stand ich auf und versuchte, meine Gedanken zu sortieren. »Warte mal ... schnüffelst du mir nach? Erst mein Elternhaus, jetzt meine Briefe? Mona, was soll das? Bist du noch bei Trost?«

Ich war unwillkürlich laut geworden. Mona stand ebenfalls auf, reckte das Kinn in die Höhe und erhob ihre Stimme. »Das frage ich mich auch. Ich war immer ehrlich zu dir und du machst alles hinter meinem Rücken. So kann ich das nicht! Vielleicht warst du ja auch gar nicht in Kyoto beim Fotoshooting, wer weiß das schon. Ich weiß überhaupt nicht mehr, wie viel ich dir glauben kann, und deine Versprechen hältst du auch nicht. Ich will endlich wissen, was los ist! Deshalb bin ich hier!«

»Was los ist? Ich kann dir sagen, was los ist.« Meine Hände fingen an, wild zu gestikulieren. Die Lautstärke war mir inzwischen egal. »Du bist mehr als zwanzig Jahre jünger als ich, noch dazu eine Ausländerin, wie man gerade heute deutlich gesehen hat. Bist du dir dessen überhaupt bewusst? Und du lebst erst wie lange in Japan? Ein Dreivierteljahr? Unser kultureller Horizont ist nicht derselbe, geschweige denn unsere Lebensrealität. Ich bin oft auf Reisen und mache mir manchmal schon Gedanken um meinen Ruhestand. Du musst dein Studium beenden und willst sehr wahrscheinlich irgendwann Kinder, heiraten, all das, was noch vor dir liegt. Ich habe all meine Träume und Hoffnungen längst hinter mir gelassen und ich glaube, du machst dir überhaupt keine Vorstellungen, worauf du dich hier einlässt.«

»Wie auch, wenn du diese Gedanken nicht mit mir teilst?«, fuhr sie dazwischen.

»Wie soll ich dir denn sagen, dass ich Angst vor einer Zukunft mit dir habe? Oder vielmehr vor einer Zukunft ohne dich?«

»Wieso denn ohne mich?« Sie runzelte die Stirn.

»Liegt das nicht auf der Hand? Junge Leute wie du wollen sich amüsieren, die Welt entdecken. Objektiv gesehen bin ich doch kein Mann für dich, in meinem Alter! Früher oder später wird dir das auch klarwerden. Dann findest du einen Jüngeren und wirst mich verlassen.«

Regelrechte Furchen traten auf ihre Stirn. »Nein, Ken, warum sagst du das? Ich werde dich nicht verlassen. Wäre ich sonst hier?«

»Was weiß ich? Ich weiß ja nicht einmal, wie du überhaupt hergekommen bist.«

Mona schwieg.

Ihr Blick huschte rechts an mir vorbei zur Tür.

»Das war ich.«

Ich fuhr herum zu der tiefen Stimme, die ich kannte wie keine zweite. »Du?«

Kogoro stand wie ein Berg im Türrahmen. Wie lange er dort wohl schon zugehört hatte?

»Was … wieso … was hast du denn …« Ich fing an zu stottern. Und zu schwitzen.

»Mona hat mich um Hilfe gebeten«, sagte er mit ruhiger Stimme. »Sie kann sehr überzeugend sein. Und da ich wusste, dass ich auch dir etwas Gutes tue …«

Fassungslos blickte ich zwischen Mona und Kogoro hin und her. Meine Stimme überschlug sich fast. »Mir etwas Gutes tun? Wieso mischst du dich denn da ein? Und woher willst du wissen, was gut für mich ist? Du kannst ja nicht einmal auf dich selbst aufpassen!«

Den letzten Satz bereute ich augenblicklich. Ich drehte mich um und ging zum Fenster, um mein Gesicht zu verbergen. Was für eine verfahrene Situation.

Aber Kogoro ließ sich nicht aus der Ruhe bringen. Lachte er etwa? »Du tust ja gerade so, als würden wir uns nicht kennen.«

Aus seinem amüsierten Glucksen wurde ein Husten. Ich blickte stur aus dem Fenster und wartete, dass es aufhörte. Hatte Mona sich mit ihm verbündet? Dann musste sie ihm alles erzählt haben, was zwischen uns passiert war. Wie lange wusste er wohl schon Bescheid? Und warum, verdammt noch mal, hatte er sich mir nicht anvertraut, mich nicht vorgewarnt?

»Willst du einen Schluck Wasser?« Mona schien besorgt um ihn.

»Nein, das geht schon«, brachte Kogoro mühsam unter ersticktem Husten hervor.

»Hört sich aber nicht so an, ich hole lieber etwas.«

»Du gehst nicht da raus«, fuhr ich sie schärfer an, als ich beabsichtigt hatte. Ich wirbelte herum und hörte mich sagen: »Warum mischen sich immer alle in Angelegenheiten ein, die sie nichts angehen?«

Plötzlich war es still im Raum. Niemand sagte etwas. Kogoros Husten hatte schlagartig aufgehört.

Wir drei funkelten uns wachsam an.

Ohne mich aus den Augen zu lassen, wischte Kogoro sich mit einem Taschentuch über den Mund und räusperte sich. »Bruder, ich habe den Eindruck, du bist gerade sehr im Feuer. Da kann ich dich nicht erreichen. Bitte komm lieber …«

»Jetzt fang nicht mit deinem Esoterik-Müll an!«

Erneutes Schweigen. In mir wuchs Frustration über die Umstände und über mich selbst. Während Mona fieberhaft nach einer Lösung zu suchen schien, richtete Kogoro sich auf. Er war ein paar Zentimeter größer als ich, obwohl er der Jüngere war. Anscheinend hatte er weiter zugenommen.

Er machte einen Schritt auf mich zu und legte den Kopf schief. »Ich erkenne dich nicht wieder. Was bereitet dir nur so eine Unruhe?«, fragte er.

Ich presste die Lippen aufeinander. Als ich erkannte, dass ich die ganze Zeit die Luft angehalten hatte, nahm ich einen tiefen, hörbaren Atemzug. Warum war das alles so eskaliert? Alle Menschen, die mir wichtig waren, befanden sich in diesem Haus, aber mir fiel keine Möglichkeit ein, wie ich sie beruhigen und ihnen meine Situation verständlich machen konnte.

Ein Kloß stieg in meinem Hals auf. Ich kaute auf meiner Unterlippe herum und wusste keinen Ausweg. Warum sagte niemand etwas?

Leise begann Mona zu sprechen. »Vielleicht war das alles doch keine so gute Idee, Kogoro …«

»Doch, ich halte es für eine sehr gute Idee, dass Ken uns einmal sagt, was hier eigentlich los ist. Und warum er sich so gegen sein Glück sperrt.«

Bevor ich darüber nachdenken konnte, platzte es aus mir heraus. »Wie soll ich mich denn meinem Glück öffnen, wenn Mutter etwas dagegen hat und lieber eine ihrer Klavierschülerinnen für mich ins Auge fasst?«

Kogoro hörte schweigend zu.

»Mir fehlt sowohl der Mut als auch die Energie, mich mit Mutter auseinanderzusetzen.«

»Ach, Ken. Machst du dir Sorgen, dass das mit Mona so enden könnte wie bei mir? Das kannst du doch nicht miteinander vergleichen. Und du bist langsam wirklich zu alt, um dir von Mutter noch Vorschriften machen zu lassen.«

Er kam zu mir und legte eine Hand auf meine Schulter. »Mutter ist auch älter geworden. Ich bin sicher, wenn du ihr zwei-, dreimal klare Kante zeigst, wird sie nachgeben.«

Er warf einen kurzen Blick über seine Schulter zu Mona und fuhr mit ruhiger Stimme fort. »Aber erst mal musst du dir in deinem Herzen klarwerden, was du wirklich willst.«

Bei dem Wort »du« tippte er mir mit drei Fingern seiner rechten Hand auf die Brust. Vor meinem inneren Auge erschien die Erinnerung an Vater, der diese Geste oft bei uns gemacht hatte, als wir Kinder waren.

Ich räusperte mich. »Ich muss darüber nachdenken.«

»Ja!«

»Ja.«

Mona sagte noch immer nichts. Betreten blickte sie abwechselnd zwischen mir, Kogoro und dem Zimmerboden hin und her. Es war mir unangenehm, mich vor ihren Augen von meinem jüngeren Bruder belehren zu lassen. Ich war hin- und hergerissen, wollte mich teils bei ihr entschuldigen für die Dinge, die ich gesagt hatte. Aber dass sie hinter meinem Rücken Nachforschungen anstellte und einfach hier aufkreuzte, war wie ein Korken auf der Flasche, der die kostbare Flüssigkeit nicht herauslassen wollte. Also atmete ich einfach und versuchte, ihr wenigstens ein paar versöhnliche Blicke zuzuwerfen. Verstand sie es?

»Ich denke, ich muss auch über einige Dinge nachdenken«, sagte sie. »Kogoro, würdest du mich zum Bahnhof …«

»Das kann ich machen!«, drängelte ich mich vor.

»Schon gut. Ich fahre dich.« Gegen Kogoros entschlossene Art kam man einfach nicht an. »Komm, Mona, lass uns gehen.«

Während er bedächtigen Schrittes zur Tür ging, zögerte sie. »Tut mir leid, Ken.«

Ihre Stimme war so leise und es tat mir plötzlich weh, sie so verletzt und unsicher zu sehen. Ich musste mich zurückhalten, nicht zu ihr zu gehen und sie in den Arm zu nehmen. Meine Lippen schienen wie versiegelt.

Ich nickte zaghaft.

Dann ging sie zur Tür und nach einem letzten Blick ließen die beiden mich zurück.

»Ja, mir auch«, sagte ich leise in den leeren Raum.

– Mona –

»Ich finde das immer noch bescheuert zu dritt.« Die Mütze war zu warm, ich zog sie mir vom Kopf. Genau in dem Moment bremste die Bahn ab und ich fiel unsanft in Janine hinein, bevor ich mich an der Tür abstützen konnte. Sie schien das kaum bemerkt zu haben und redete mir lieber weiter ins Gewissen. »Willst du wieder nach Hause fahren und da alleine in deinem Mitleid baden?«

»Nein, aber in den Restaurants werden wir auch nur Pärchen sehen. Wie soll mich das denn ablenken?« Ich verzog die Mundwinkel und legte einen abfälligen Ton auf: »Und all die schöne Weihnachtsbeleuchtung, oh, Schatz, schau doch da!«

»Hey, ich weiß, dir wäre ein anderes Weihnachtsfest lieber, aber *guess what*: mir auch!«

Betreten presste ich die Lippen aufeinander.

»Du *hast* wenigstens einen Freund«, fuhr Janine fort. »Ihr habt nur eine kleine Krise, okay? Ich bin Single seit … ach, ich hab schon aufgehört, zu zählen. Vier Jahre in Japan und nix!«

Mir wurde bewusst, was für eine schlechte Freundin ich die letzten Tage gewesen war. Ich hatte mich gar nicht nach ihr erkundigt. Das sollte ich so schnell wie möglich nachholen. »Ist denn letzte Woche mit Tsuyoshi eigentlich was passiert? Ihr wart so schnell verschwunden, wir haben das noch gar nicht ausgewertet.«

Das Lächeln, das Janine erfolglos zu verbergen versuchte, verriet alles.

Ich lachte auf. »Sag bloß …?«

»Nein, nein«, sagte sie, »wir waren nur ganz nett was trinken. In Ruhe. In dem Schuppen war es ja ganz cool, aber er wollte nicht mehr tanzen, sondern lieber trinken und reden. Also sind wir in eine stillere Bar gegangen. Hier müssen wir raus.«

Wir stiegen in Roppongi aus und suchten unseren Weg durch den gut gefüllten Bahnhof nach draußen. Am Supermarkt *Lawson* sollten wir Fabian treffen.

»Und dann? Und dann? Und dann?«, wollte ich wissen.

»Nichts und dann«, sagte sie wie eine Dame, die über die süßen Details lieber schwieg. »Wir haben uns nur wirklich gut unterhalten. Er hat mir einen neuen Cocktail gezeigt. Kennst du Moscow Mule? Das ist Wodka mit Limetten, Gurken und Ingwerbier.«

Bis wir vor dem *Lawson* ankamen, bombardierte ich sie mit Fragen. Worüber hatten sie geredet, hatte er sie nach Hause gebracht, vielleicht geküsst? Aber sie ließ sich nicht aus der Reserve locken.

»Ernsthaft? Du erzählst mir lieber von einem Cocktail anstatt von intensiven Blicken und heimlichen Berührungen?«

»Ich will es diesmal nicht kaputtmachen, weißt du? Immer, wenn ich von meinen Dates erzähle, wird es irgendwie nichts. Vielleicht muss ich das eher wie einen Wunsch behandeln, den man nicht verraten darf, wenn er in Erfüllung gehen soll.«

»Hm, na gut. Dann reime ich mir eben selbst was zusammen. Bestimmt gab es … heiße Küsse neben den Toiletten.«

»Hey!« Sie boxte mich gegen den Arm und ich lachte.

Draußen wehte uns der Wind um die Nase. Er pfiff durch die Gassen, als wollte er alle Singles von der Straße fegen und nur Pärchen hätten genug Gewicht, um nicht davongepustet zu werden. So war Weihnachten in Japan: quasi ein Valentinstag. Paare gingen aus und beschenkten sich. Unter den Geschenken war der Klassiker, zumindest wenn man japanischen Filmen glaubte, der Schal. Er war als Geschenk nicht zu persönlich, zeigte aber doch, dass einem die Gesundheit des anderen wichtig war und man sich um den Beschenkten sorgte.

Ich dachte an den dunkelgrünen Schal, der in Kens Wohnung in einer schönen Geschenkverpackung auf ihn wartete. Ob ich ihn jemals noch verschenken würde? In den letzten Tagen hatte ich mit Ken lediglich kurze Nachrichten ausgetauscht. Er war zu Weihnachten nicht nach Hause gekommen und hatte mich nur gefragt, ob Post für ihn angekommen sei.

Während wir in der Kälte von einem Bein aufs andere traten und warteten, bemerkte ich Janines seligen Gesichtsausdruck. »Ist aber irgendwie süß, dass es dir diesmal so wichtig ist. Du wirkst gleich ganz anders.«

»Er war schon auch echt süß. Wir gehen morgen wahrscheinlich Kaffee trinken, er wollte sich noch mal melden.«

»Das ist ja toll«, rief ich begeistert.

»Was ist toll?«, fragte eine Stimme hinter uns.

»Fabian! Hey!« Wir umarmten ihn zur Begrüßung. Er hatte für uns drei im *Tengu Sakaba* reserviert, einer gemütlichen *Izakaya* in der Nähe.

»Na, wollen wir los?«, fragte er.

Ich rieb mir die Oberarme als Zeichen, dass ich gern ins Warme gehen würde. »Ja, der Wind ist superkalt heute.«

Wir bogen um zwei Häuserblocks und erreichten eine schwarze Fassade mit der weiß geschwungenen Kalligraphie des Wortes *Izakaya:* »i« für sitzen, »zaka« für Alkohol und »ya« für Laden. Eine japanische Kneipe, die auch Speisen anbietet. Fabian hielt uns die schwere Tür auf und als wir eintraten, schlug uns eine mit leckerem Essensduft angereicherte, wohlige Wärme entgegen. Janine und ich zogen augenblicklich Schal und Mütze aus.

Fabian wandte sich an die Bedienung, die uns an unseren Platz führte und uns dort bat, die Schuhe auszuziehen, bevor wir den blankpolierten Holzboden betraten. Wir taten wie geheißen, legten Jacken und Taschen neben dem Tisch ab und als Fabian aus seinem Mantel schlüpfte, brachen wir in Gelächter aus. Zum Vorschein kam ein dunkelblauer Pullover mit einem Comic-Godzilla in Gold, der eine übergroße, rote Weihnachtsmütze trug. Die Kellnerin lachte mit uns und Fabian grinste über seinen gelungenen Auftritt.

Wir hatten uns gerade an den niedrigen Tisch gesetzt und die Beine in die im Boden eingelassene Aushebung gleiten lassen, als die Bedienung uns die Speisekarten reichte. *Yakitori*-Spieße, Sashimi, Salat mit Erdnusssoße, eingelegtes Gemüse, *Tempura*. Wir bestellten, was Herz und Magen begehrten.

Der Tisch füllte sich bald mit lauter Schälchen und Tellern und wir redeten über die unmöglichsten und witzigsten Weihnachtspullover, die wir je gesehen hatten.

Mit den beiden hier zu sitzen, leckere Snacks zu essen und das Jahr mit reichlich Sake Revue passieren zu lassen, fühlte sich gut an. Als legte sich eine warme, kuschlige Decke um mein Herz. Viel war in diesem Jahr passiert und ich war dankbar, dass ich immer noch in Japan sein konnte, obwohl das eigentlich nicht der ursprüngliche Plan gewesen war.

Es war schön, nicht allein zu sein. Dass hinter den Papierwänden überwiegend Pärchen saßen, nahm ich nur am Rande wahr.

Wir hatten den Tisch für neunzig Minuten gebucht, aber das reichte aus, um sich den Bauch mit nahrhaften Kleinigkeiten zu füllen und sich eine lustige Stimmung für den weiteren Abend anzutrinken. Unser nächstes Ziel war die *Kentaro Shot Bar* und während wir uns von Fabian durch die Straßen leiten ließen, genossen wir den kurzen Schaufensterbummel unter den blau erleuchteten Bäumen.

Plötzlich blieb Janine wie angewurzelt stehen und ihr fröhliches Kichern erstarb. Sie starrte in eine Seitengasse, in der ein offensichtlich verliebtes Pärchen herumturtelte. Der Mann drückte die Frau spielerisch gegen die Hauswand. Sie schlang ihre Arme um seinen Nacken und nutzte die Gelegenheit für einen intensiven Kuss.

Ich wunderte mich, warum Janine so irritiert zu dem Pärchen hinüberschaute. Dann sah ich es auch. Der Mann war Tsuyoshi.

Fabian kam näher und schaute ebenfalls in dieselbe Richtung. »Das ist doch Tsuyoshi, oder?«

Janines Mundwinkel hingen tief. Ich nahm sie am Arm und wollte sie sanft wegziehen. »Komm …«

»Nein!«, sagte sie störrisch. »Er soll mich ruhig sehen und wissen, dass er Mist gebaut hat.«

»Ach, das ist doch albern. Du meintest doch, zwischen euch ist noch gar nichts passiert.«

»Er hat mir jetzt aber die Laune verdorben!« Unbeirrt schaute sie den beiden beim Knutschen zu.

Fabian ging um sie herum und schnappte sich ihren anderen Arm. »Das ist echt blöd, dass du das sehen musstest. Aber das bringt jetzt nichts. Red lieber ein andermal mit ihm, in Ruhe. Los, nur wenn wir vor zehn in der Bar sind, kommen wir vergünstigt rein.«

Wir zogen und schoben Janine gemeinschaftlich weg vom Ort des Geschehens und immer weiter in Richtung Bar.

Fabian versuchte, ihr den restlichen Abend schmackhaft zu machen. »Ab zehn ist Moscow Mule

Hour! Habt ihr das schon mal getrunken? Ist superleck…«

»Ich trinke nie wieder Moscow Mule«, heulte Janine lauthals durch die Straßen, sodass sich einige Passanten nach uns umschauten und Fabian erschrocken dreinblickte.

Ich legte meinen Arm um sie. »Hey, ist ja gut, musst du ja nicht. Wir finden bestimmt was anderes, mit dem wir uns den Kummer wegtrinken können, okay?«

»Meinst du wirklich?«, jammerte Janine.

»Ja, das wird schon wieder, glaub mir«, sagte ich bei dem Gedanken daran, wie wir gleich ohne unsere Herzensmänner in der Bar sitzen würden.

Traurig hing Janine neben uns am Tresen und rührte mit einem roten Plastikstäbchen gedankenversunken in ihrem Long Island Ice Tea. Ohne aufzublicken, sagte sie: »Jetzt versaue ich euch den ganzen Abend, tut mir leid.«

Ratlos schauten Fabian und ich uns an. Allmählich fielen uns keine aufmunternden Worte mehr ein. Sie jammerte weiter in ihr Glas. »Das wird heute nichts mehr mit mir, glaubt mir. Wenn mich nicht mal der Long Island betrunken macht …«

»Du hast doch noch nicht mal die Hälfte getrunken«, sagte ich, doch sie grummelte weiter.

»Nee, nee, ich spüre das. Da kommt nichts. Stocknüchtern. Haben die mir da überhaupt was reingemacht?«

»Also mein Moscow Mule dreht ordentlich«, sagte Fabian. »Hab ja gesagt, hättest du mal …«

Die zwei Augenpaare, die sich böse funkelnd auf ihn richteten, ließen ihn verstummen. Beschwichtigend hob er die Hände. »Ist ja gut, hab nichts gesagt.«

Eine Weile lauschten wir schweigend den entspannten Weihnachtssongs und beobachteten die zwei Tanzpaare, die eng umschlungen tanzten. Eine Frau hatte ihren Kopf an die Schulter ihres Partners gelehnt und genoss mit geschlossenen Augen den ruhigen Wiegeschritt. Eine andere schaute ihrem Partner ganz versunken in die Augen, während seine Hände nur knapp über ihrem Gesäß ruhten.

Janine stürzte den Rest ihres Getränks hinunter und setzte das leere Glas geräuschvoll auf der Theke ab. »So, ich mache mich vom Acker. Das ist heute nichts für mich, tut mir leid. Ich gehe lieber nach Hause, bevor noch mehr Unheil passiert.«

Alles Bitten und Betteln half nichts, drei Minuten später hatte sie ihre Jacke genommen, uns zum Abschied »Frohe Weihnachten« gewünscht und war verschwunden.

Fabian und ich tranken unsere Moscow Mules aus und reihten uns ein wenig halbherzig in die tanzenden Pärchen ein. Ich bedauerte, dass ich Janine nicht hatte trösten können, und gleichzeitig schämte ich mich, dass ich einen kleinen Funken Erleichterung verspürte, dass ich nun mit Fabian allein war.

Er beherrschte sogar ein paar Grundschritte im Discofox und nachdem wir den Dreh raus und noch ein, zwei Wodka-Shots intus hatten, legten wir zu *Another Rock and Roll Christmas* von Gary Glitter eine ziemlich flotte Sohle aufs Parkett. Fabians kräftige Hände zu spüren und mich von ihm herumwirbeln zu lassen, fühlte sich wie das Natürlichste auf der Welt an. Ich konnte mich nicht erinnern, jemals mit einem Mann so gut auf der Tanzfläche harmoniert zu haben, und ertappte mich bei dem Gedanken, wie es wohl wäre, wenn ich mit ihm einen Tanzkurs besuchen würde.

Doch leider änderte sich die Musikrichtung kurz darauf und die Tanzfläche verlor ihren Reiz. Wir nippten noch ein wenig an unseren Getränken, bis Fabian einen Vorschlag machte. »Irgendwie ist die Luft raus, oder? Wollen wir rausgehen? Wenn es nicht zu kalt ist, könnten wir ja bis Shibuya laufen.«

Die Aussicht auf einen längeren Spaziergang in der Nacht gefiel mir. Kaum eine Stadt eignete sich so sehr dafür wie Tokyo, das hatte ich inzwischen gelernt. Die

Bewohner verhielten sich gesittet und abends legte sich eine besondere Ruhe über die Häuser und Straßen. Nur das Piepen der Fußgängerampeln wechselte sich mit dem Rauschen der Autos ab.

Wir überquerten die Roppongi Hills Richtung Westen und nach einer Weile des Schweigens fragte ich Fabian: »Machst du eigentlich eine Art Sport?«

»Wie kommst du darauf?«

»Weil deine Hände so kräftig wirken, als hättest du eine Handwerker-Ausbildung gemacht oder so.«

»Ach so, das ist bestimmt vom Judo. Da muss man immer zupacken.« Mit beiden Händen griff er nach einem imaginären Gegner in der Luft.

»Das sieht bestimmt cool aus. Nimmst du auch an Wettkämpfen teil?«

»Nein, ich mache das nur als Hobby. Wir kämpfen nur untereinander im Verein, zu Trainingszwecken.«

Ich nickte, weil mir nichts mehr einfiel. Stumm liefen wir unter der Hochstraße durch Nishi-Azabu entlang, vorbei an kleinen Restaurants, Supermärkten und Wohnhäusern, und schließlich auch durch Aoyama. Ab und an kommentierte Fabian ein Straßenschild oder eine kitschige Weihnachtsbeleuchtung.

Als wir uns dem Zentrum von Shibuya näherten und der Straßenlärm wieder zunahm, zeigte er nach links in eine Seitengasse. »Lass uns mal hier reingehen. Kennst du den Konno-Hachimangu-Schrein?«

Ich kannte ihn nicht, also bogen wir in die Straße ein und nach einer weiteren Linkskurve standen wir vor dem steinernen Torii, das den Eingang markierte.

Wir stiegen die Stufen zu einem roten Zaun hinauf und schritten durch ein großes rotes Tor, das von Steinlaternen flankiert und mit gelben Papierlampions erleuchtet war. Auf dem Hauptweg in der Mitte der Schreinanlage war der Straßenlärm nicht mehr zu hören, obwohl die Hauptstraße nur einen Katzensprung entfernt lag. Die letzten Besucher kamen uns von der Gebetshalle entgegen und plötzlich waren wir allein.

Möglichst lautlos ließen wir den Brunnen hinter uns und begaben uns zur Gebetshalle, die ebenfalls rot erleuchtet war. Vier letzte Stufen, dann standen wir direkt davor. Sollten wir jetzt beten?

Fabian ließ mir mit einem Wink in Richtung des dicken Seils den Vortritt. Ich kramte ein Fünf-Yen-Stück aus der Tasche und warf es in die Holzkiste. Dann zog ich an dem schweren Seil und läutete die Glocke, um die Gottheit herbeizurufen. Nachdem ich mich zweimal verbeugt hatte, klatschte ich zweimal in die Hände und richtete den stummen Wunsch an die Götter, dass mit Ken und mir alles wieder in Ordnung kommen möge.

Dann verbeugte ich mich und räumte den Platz für Fabian. Er tat es mir gleich, läutete, verbeugte sich und klatschte in die Hände. Eine Weile stand er ruhig da, den Kopf auf seine gefalteten Hände geneigt, die Augen geschlossen. Was er sich wünschte, verriet er natürlich nicht.

Nachdem er sich erneut verbeugt hatte, wandte er sich zu mir. Sein Gesicht wirkte ernst. »Lass uns noch was auf die *Ema* schreiben.«

Er näherte sich der Auslage mit den Holztäfelchen, warf eine Münze in das vorgesehene Kästchen und nahm sich eine Holztafel heraus. Ich schaute ihm mit gebührendem Abstand dabei zu, wie er mit dem bereitliegenden Stift seinen Wunsch auf die Tafel schrieb. Irgendwie war er verändert. War das der Einfluss der Dunkelheit? Der rot beleuchtete Schrein im Hintergrund wirkte wie ein Feuer in der Nacht.

»Komm ruhig näher, ich hab nichts zu verbergen.« Er winkte mich zu sich, aber ich wartete, bis er fertig geschrieben hatte. Während er sein Holztäfelchen inmitten der anderen beschriebenen Tafeln an der Wand befestigte, stand ich neben ihm und versuchte, seinen Wunsch zu entziffern. Seine japanische Handschrift ähnelte der eines Grundschülers. Die Tafel hing und er hielt inne.

Beide schauten wir auf seinen Wunsch. Aus dem Augenwinkel sah ich, wie er sich mir zuwandte. Ich schluckte und drehte ihm ebenfalls mein Gesicht zu. Kleine Atemwölkchen bildeten sich vor seinem Mund, sein Brustkorb hob und senkte sich. Dann beugte er sich vor, näherte sich meinem Gesicht und drückte mir einen Kuss auf den Mund.

Mein Herz setzte für eine Sekunde aus. Ich spürte, wie sein Bart meine Lippen kitzelte. Er dehnte den Kuss aus, wollte nicht loslassen. Und ich auch nicht. Ich wollte noch länger die nächtliche Luft auf seiner Haut riechen und den leichten Alkoholgeschmack auf seinen Lippen schmecken.

Als er sich von mir löste, spiegelte sich das rote Licht des Schreins in seinen Pupillen. Ich schreckte zusammen, als der Kiesweg hinter uns knirschte. Es kamen doch noch ein paar Besucher. Fabian trat einen Schritt zur Seite und wandte sich in Richtung Ausgang.

Bevor ich ihm folgte, warf ich einen letzten Blick auf das Holztäfelchen. Dort stand: »Ich wünsche mir, dass ich für immer mit ihr tanzen kann.«

– Ken –

Vom Gartentor aus bewunderte ich den schwungvollen Giebel meines Elternhauses. Die Morgensonne ließ die dunklen Ziegel glänzen, doch es war immer noch kühl und ich fröstelte. Als ich mir vor der Haustür die Schuhe abklopfte, blieb ich am Strohgesteck hängen. Das hatte Mutter wie immer für den Jahreswechsel an die Tür gehängt. Ich richtete den Neujahrsschmuck, bog die leicht geknickten Strohhalme wieder gerade und sog noch einmal die kühle Morgenluft ein. Der Winter versprach kalt zu werden und ich fragte mich, ob es im neuen Jahr wohl Schnee gab.

Es würde ein staubiger Tag werden, der Hausputz stand an. Einen Tag zu spät. Normalerweise sollte schon vor dem 31. Dezember das Haus geputzt werden, aber dieses Jahr hatten wir das richtige Datum irgendwie verpasst.

Mutter bereitete in der Küche das Putzwasser vor. Wir würden später die Möbel beiseiterücken, damit der Boden gewischt werden konnte. Diese Aufgabe gehörte ihr, das ließ sie sich auch mit über siebzig nicht nehmen.

Ich ging nach oben, um mein Hemd gegen ein T-Shirt zu tauschen. Vom Fenster im Obergeschoss aus sah ich Vater im Garten hantieren. Mit einer Schaufel hob er abgeschnittene Äste in einen Müllsack. Ich steckte den Kopf durch das T-Shirt und zog es mir an den Seiten bis zum Hosenbund herunter. Wo war Kogoro?

Auf dem Weg zurück nach unten warf ich einen kurzen Blick in sein Zimmer. Er saß auf dem Bettsofa und nestelte an einer kleinen Schachtel herum. Als er mich bemerkte, versuchte er, sie hinter seinem Rücken zu verstecken, besann sich aber, als ihm klar wurde, dass ich ihn längst beobachtet hatte.

Ich trat einen Schritt ins Zimmer, blieb stehen und starrte auf die Schachtel, die in seinen Händen zum Vorschein kam. Erinnerungen an viele Langzeit-EKGs, Ultraschall-, Blut- und Urinuntersuchungen zogen vor meinem inneren Auge vorbei.

»Mach mal die Tür zu«, raunte er.

Lautlos ließ ich die Tür ins Schloss gleiten und setzte mich zu ihm aufs Sofa. Die weiße Schachtel zog meinen Blick magisch an und ich wusste, dass sie nichts Gutes verhieß.

Kogoro suchte furchtlos meinen Blick. »Es wird nicht mehr besser. Ich muss die nehmen.«

Nur mit Mühe sah ich von den Betablockern in seiner Hand auf. »Ich dachte, es wäre fast geheilt. Du hattest doch jahrelang keine Beschwerden.«

Ich räusperte mich, um das Zittern meiner Stimme zu übertünchen, und ich fühlte mich ganz und gar nicht mehr wie der große Bruder. Klein und ängstlich schaute ich zu ihm auf. Er war beinahe doppelt so breit wie ich und lächelte milde.

»Die Beschwerden kommen und gehen, aber eine Herzinsuffizienz heilt leider nicht. Deshalb heißt es ja chronisch.«

»Aber es geht dir doch gut«, protestierte ich. »Warum ...«

»Mir geht es gut, weil ich die Medikamente nehme.«

Wortlos schaute ich ihn an, mein Bauch fühlte sich an, als wolle er sein Inneres nach außen stülpen.

Kogoro legte mir seine Hand auf die Schulter. »Hör mir zu. Gesundheit ist das allerwichtigste, auch die seelische und mentale. Mit Zankereien, verschlossenem Herzen und Angst verschwendet man nur wertvolle Lebenszeit. Du bist noch fit, also krieg dein Leben auf die Reihe, okay? Damit hilfst du mir am meisten.«

Der Schock über die ernsten Worte stand mir wohl ins Gesicht geschrieben. Jedenfalls fügte Kogoro hinzu: »Ich bin in guten Händen, die Ärzte passen auf mich auf. Ich kann nicht mehr so lange Wanderungen mit dir machen, aber sonst wird sich nicht viel ändern, ja?«

Aufmunternd klopfte er mir auf die Schulter. Ich ging die Krankheitsgeschichte unserer Familie durch. »Opa hatte auch Bluthochdruck.«

»Ja, das ist normal im Alter. Ich fange einfach nur ein bisschen früher damit an.« Er grinste und um meinen Mund legte sich ein halbes Lächeln.

»Du wolltest eben schon immer der Erste sein«, scherzte ich in Gedanken an seine anfänglichen Probleme bei den Schwimmmeisterschaften in seiner Studienzeit. Er war der schnellste Schwimmer im ganzen Verein gewesen, disqualifizierte sich aber regelmäßig durch zu frühes Abspringen vom Block. Das Problem war so hartnäckig, dass er es erst nach etlichen Stunden Einzeltraining in den Griff bekommen hatte.

Er erhob sich vom Sofa und drückte eine Tablette aus dem Blister auf den Tisch. »Das wird schon wieder. Mach dir keine Sorgen.«

Kurz darauf hörten wir Mutter von unten rufen. Sie wolle nicht ewig warten, bis wir ihr mit den Möbeln halfen. Kogoro spülte die Tablette mit Wasser hinunter und dann beeilten wir uns, ins Erdgeschoss zu kommen.

Bei den restlichen Arbeiten ließ ich Kogoro nicht aus den Augen. Ging er gebückt? Bekam er ausreichend Luft? Hustete er? Doch er hielt sich tapfer. Ich konnte keinerlei Schwäche ausmachen. Dafür war ich schneller erschöpft als gedacht und der Staub tat sein Übriges. Ich bekam einen Niesanfall. Entkräftet ließ ich mich in die braunen Lederpolster im Wohnzimmer fallen.

»Wird's denn gehen, alter Mann?«

Nicht überraschend, dass Kogoro mich nun damit aufzog. Ich ließ ihn nicht erkennen, wie sehr er recht hatte. Der Hausputz schlauchte mich jedes Jahr mehr.

Ich dachte an Mona und was sie wohl sagen würde, wenn sie mich so kraftlos hier liegen sah. Wie viele Tage hatte ich nichts von ihr gehört? Die Vorstellung, wie sie die Feiertage mit ihren Freunden verbrachte, schmerzte mich. Sicher brachte sie die anderen zum Lachen, so wie sie das bei mir oft tat.

Oder war sie womöglich noch traurig nach unserer Auseinandersetzung? Was, wenn sie gerade ganz allein war?

Es betrübte mich, nicht bei ihr sein zu können. Aber es gab keine Möglichkeit, den Jahreswechsel mit ihr bei meiner Familie zu verbringen, das gehörte sich nicht für unverheiratete Paare. Und es wäre ohnehin unmöglich gewesen, nach der Reaktion meiner Mutter. Ich hatte mehrmals versucht, Mutter auf ihr unverschämtes Verhalten anzusprechen, aber sie stellte sich jedes Mal taub, sobald ich das Thema zur Sprache brachte, und verließ das Zimmer.

Ich fühlte mich zerrissen und in einem quälenden Schwebezustand, in dem nichts vor- und zurückging. Kogoro stellte sich das so einfach vor, alle Streitigkeiten zu bereinigen und sich auf die eigene Gesundheit zu fokussieren. Aber das war ganz und gar nicht einfach.

Am frühen Abend bereitete Mutter *Toshikoshi Soba* zu, die traditionelle Buchweizen-Nudelsuppe mit Fischpastete, die man zum Jahreswechsel aß. Ich zündete Räucherstäbchen an und setzte mich an den Esstisch. Schweigend saßen Vater und ich uns gegenüber und hörten Kogoro in der Küche hantieren. Schließlich brachten Mutter und er die dampfenden Schüsseln herein. Als Mutter mir mein Essen vor die Nase stellte, sagte sie: »Du spielst uns doch nachher wieder etwas auf dem Cello vor, ja?«

Ich seufzte. »Das haben wir doch die letzten Jahre auch nicht mehr gemacht. Wäre es nicht langsam an der Zeit, diese Tradition sein zu lassen? Ich bin nicht mehr an der Uni.«

Sie blickte verschwörerisch in die Runde. »Ach je, Kensuke ist schlecht gelaunt und hungrig, lassen wir ihn lieber erst mal essen.«

Die drei legten die Hände vor der Brust aneinander, senkten den Kopf und sagten *»Itadakimasu«*. Mit etwas Verzögerung tat ich es ihnen nach.

Heiß berührte die Suppe meinen Mund. Ich pustete, um sie abzukühlen.

»Du pustest schon wie die Europäer. Hat dir das deine junge Geliebte beigebracht?«

»Liebe Mutter, es ist Silvester, lass uns doch bitte die Harmonie wahren, ja?«, sagte ich gereizt.

»Reg dich nicht auf, ich wollte nur etwas über andere Kulturen erfahren.«

Ich spürte einen Groll in mir aufsteigen, wie ich ihn schon lange nicht mehr gefühlt hatte. »Ich frage mich, wie Vater das all die Jahre ausgehalten hat. Wie kannst du nur so biestig über eine junge Frau reden, die du nicht einmal kennst? Zufällig ist mir diese Frau sehr wichtig, also hör auf, über sie herzuziehen.«

»Das wird Yuna aber gar nicht gefallen.«

»Jetzt gehst du wirklich zu weit, Mutter!« Kogoro schaute sie grimmig an. Plötzlich Stille am Tisch. Er räusperte sich und griff nach seinem Wasserglas.

»Gut, dann eben ein anderes Thema«, sagte Mutter schnippisch in meine Richtung. »Wann wird denn mein Enkelsohn morgen eintreffen?«

»Ja, wie geht es Shun?«, fragte nun auch Kogoro, dankbar über den Themenwechsel.

»Sie wollen morgen nach dem *Hatsumode* kommen«, sagte ich. »Gegen Mittag, wenn es seiner Frau gut geht. Ihr ist wohl immer noch häufig übel.«

»Tja, mir war mit euch auch noch bis zum fünften Monat ab und an übel. Wie schön, dass wenigstens aus deinem Sohn noch ein ehrbarer Mann wird.«

Kogoro und ich warfen uns genervte Blicke zu. Wir wussten, dass Mutter in Shun den Sohn sah, den sie nie hatte: als Finanzberater in einem vernünftigen Job, glücklich verheiratet und bald Vater, während Kogoro und ich in ihren Augen als gescheiterte Persönlichkeiten dastanden.

Ich holte tief Luft, um etwas zu sagen, aber Kogoro gab mir ein Zeichen, mich zu beruhigen. Im selben Moment klingelte das Telefon und Mutter stand reflexartig auf.

»*Moshi moshi*?« Ihr Gesichtsausdruck wandelte sich von einem neugierigen Lächeln über eine kurze Schockstarre hin zu einer aufgesetzten, unechten Freundlichkeit, die ich diesmal sofort durchschaute. »Mona! Ach, das ist ja eine Überraschung.«

Ich ließ den Löffel sinken und schob meinen Stuhl zurück, als Mutter sagte: »Nein, der ist leider gerade nicht da, er macht letzte Besorgungen mit Kogoro. Tut mir wirklich leid.«

Mit einem Satz war ich zu ihr gesprungen und riss ihr den Hörer aus der Hand. Während ich lediglich ein durchgehendes Tuten hörte, glitt mein Blick an der geringelten Telefonschnur nach unten. Mutter hatte die

Hand auf den Apparat gestützt und die Verbindung unterbrochen.

»Ist das dein Ernst?« Wütend starrte ich sie an.

Niemand sagte etwas.

Ich knallte den Hörer auf das Gerät und nahm in Kauf, dass ich ihre Hand treffen würde. Sie ließ sich jedoch nichts anmerken.

Ich blaffte sie an. »Was stimmt denn nicht mit dir? Bist du verrückt geworden? Ich denke, ich bin satt. Vielen Dank fürs Essen.«

Ich sah noch, wie Kogoro abrupt aufstand, und wandte mich zum Gehen. »Ken!«, rief er mir nach, blieb aber am Esstisch stehen. Ich reagierte nicht und stapfte die Stufen nach oben.

Mit einem Mal verstand ich Mona, die sich von mir wie ein Kind behandelt gefühlt hatte. Meine Mutter ging definitiv zu weit, sie schien nicht begriffen zu haben, dass ich seit Jahrzehnten mein eigenes Leben führte.

Die Wände des Zimmers, in dem ich im Haus meiner Eltern lebte, kamen immer näher, bald würden sie mich erdrücken. Für einen Spaziergang war es mittlerweile zu dunkel, also öffnete ich das Fenster. Die Nachbarschaft war hier und da mit roten Laternen erleuchtet und es lag eine friedliche Stille über den Dächern.

Mein Blick fiel auf das E-Cello in der Ecke. Ich holte Kabel und Kopfhörer heraus und schloss es an. Leise rückte ich mir einen Stuhl zurecht, vergewisserte mich, dass die Tür geschlossen war, und begann zu spielen. Es war eine Wohltat, die Finger über die Saiten gleiten zu lassen und mit dem Bogen Töne zu erzeugen, die nur ich allein hörte.

– Mona –

Ich stand mit Kogoro in der Schlange und betrachtete das Donut-Menü, das hinter der Bedientheke an der Wand angebracht war.

»Also jeder 3 Donuts und einen Kaffee. Du trinkst ihn mit Milch, oder?«, fragte er.

»Ja, aber hier nehme ich immer den Café au Lait.«

Beeindruckt stellte ich fest, dass er sich sogar meinen Kaffeegeschmack gemerkt hatte, als mein Handy zum wiederholten Mal vibrierte. Wenn wir am Tisch saßen, musste ich es unbedingt ausschalten.

Dieses Mal bestand ich darauf, selbst zu bezahlen. Es wäre mir unangenehm gewesen, wenn er mich wieder eingeladen hätte. Mit unseren Tabletts setzten wir uns an einen Zweiertisch neben einer großen Palme.

Kaum dass wir saßen, biss Kogoro schon in seinen Pon de Ring, der an eine grobe Perlenkette erinnerte, und kaut genüsslich summend darauf herum. Während ich einen Schluck Kaffee nahm, entschuldigte er sich. »Tut mir leid, ich hatte so einen Appetit auf das Zeug. Schon seit meiner Studentenzeit ist es einfach meine

Neujahrstradition, zu *MisDo* zu gehen. Ich liebe diesen Süßkram.«

»Macht doch nichts, ich auch!«, sagte ich und biss herzhaft in meinen Kokosnuss-Schoko-Donut, dass die Kokosstreusel nur so herunterrieselten. »Aber es ist schon ungewöhnlich, ausgerechnet an Neujahr hierherzukommen.«

»Vielleicht, aber nach den Feiertagen mit meiner Familie brauche ich immer eine Auszeit. Und Ken geht es genauso.« Kogoro hatte schon mehr als die Hälfte seines Donuts aufgegessen. Jetzt fehlten ihm noch drei Teigperlen, genau passend für drei Bisse. Ein wenig Zuckerglasur klebte an seinen Lippen.

Ich freute mich schon auf meinen Perlendonut, als mein Handy in der Hosentasche erneut vibrierte. Mit dem hölzernen Stuhl ergab es einen Widerhall, der Kogoro nicht entging. Aber ich hatte jetzt schokoladige Finger und konnte nichts machen.

»Ken trifft sich heute mit einem Freund. Sein Sohn kam doch nicht bei uns vorbei, weil es seiner Frau nicht gut ging. Also hatten wir nach dem *Hatsumode* nichts mehr vor.«

Kogoro biss erneut ab. Noch zwei Perlen.

»Das war sicher schön. Ich war noch nicht zum Neujahrsbesuch im Schrein, vielleicht gehe ich morgen, wenn es leerer ist.«

»Ja, du hast ja noch ein bisschen Zeit. Ken wollte übermorgen zurückfahren, hat er dir das gesagt?«

Ich ließ die Kokosstreusel auf der Zunge zergehen, bevor ich antwortete. »Geht's ihm denn gut?«

Der Stuhl an meiner Hosentasche vibrierte erneut und Kogoros Blick glitt kurz nach unten. »Es geht ihm gut, denke ich. Er war ein bisschen nachdenklich. Und sehr sauer, als unsere Mutter das Telefonat mit dir unterbrochen hat. Als wenn sie nicht wüsste, dass es auch Handys gibt.«

Haps. Noch eine Perle.

»Entschuldige, ich mache meins gleich aus«, sagte ich verlegen und wischte mir die Finger an der Serviette ab. Der Kaffee duftete atemberaubend und genüsslich nahm ich einen Schluck, der sich warm in meinem Körper ausbreitete.

»Macht doch nichts, ihr jungen Leute seid eben immer erreichbar und gut vernetzt.«

Sicher fragte er sich, warum ich ausgerechnet auf dem Festnetz angerufen hatte. Aber er war diskret genug, es nicht anzusprechen. Wie hätte ich auch zugeben können, dass ich seiner Mutter zeigen wollte, dass ich keine Angst vor ihr hatte? Dass sie einfach auflegen würde, damit hatte ich nicht gerechnet. Dadurch hatte mich schlussendlich doch der Mut verlassen und ich hatte mich nicht mehr getraut, mich bei Ken zu melden.

Ich setzte die Kaffeetasse ab und holte mein Handy hervor.

»Na, ist es Ken?«, fragte Kogoro und nahm die letzte Teigperle in den Mund.

Ich schluckte. Mein Handy zeigte sechs Nachrichten. Nur eine von Ken, der Rest: Fabian.

Ich sah die dunkelblonden Stoppelhaare seines Bartes vor mir, das rote Licht des Schreins im Spiegel seiner Pupillen, spürte den kalten Wind in den Haaren und seine warme Haut ganz nah an meinem Gesicht.

Eine ungeahnte Hitze stieg in mir auf, die nicht vom Kaffee stammte. Kogoro schaute mich forschend an. Ich konnte nur hoffen, dass mein Gesicht nicht zu rot wurde, und drückte die Nachrichten schnell weg. »Äh, nur ein Freund, ein Kollege. Vom Goethe-Institut. Es geht ja bei uns auch schon bald wieder los.«

Kogoro nickte bedächtig und erzählte dann, wie Ken sich nach meinem Anruf aufgeregt und das Essen stehen gelassen hatte. Seine Sätze verschwammen zu einem Brei japanischer Wortfetzen, ich küsste Fabian und Ken zog an meiner Hand. Was hatte ich getan? Fabians Nachrichten waren lang, das hatte ich kurz überblicken können. Aber wollte ich wirklich wissen, was darin stand, was er mir sagen wollte? *Ich wünsche mir, dass ich für immer mit ihr tanzen kann.* Ich wusste genau, was er mir schreiben würde, und ich ahnte, dass es wunderschön klingen würde. Unsere gemeinsamen Nächte in Tokyo, sein Lächeln, sein beruhigendes Schweigen, wenn keine Worte nötig waren. Sein Tanzen, seine Stimme, alles zog an mir vorbei und versetzte mir einen Stich ins Herz. Das Herz, in dem Ken wohnte und auf seiner braunen Ledercouch saß. Hochkonzentriert und dennoch verträumt Cello spielte, für mich kochte, mich mit seinen dunkelbraunen Augen und seinen sanften Händen langsam auszog. Sein Mund auf meinem, ganz ohne Bart, sein Duft nach Wald und Wasser, die Ruhe in seinem Blick.

»Mona?«

Ich zuckte zusammen, als Kogoro meinen Namen sagte. »Entschuldige, ich bin kurz, ich war nur … Ich gehe kurz auf die Toilette.«

Ich legte das Handy auf den Tisch und stand so ruckartig auf, dass meine Kaffeetasse überschwappte.

Vor dem Spiegel spritzte ich mir kaltes Wasser ins Gesicht. Mit meinem eigenen kleinen Handtuch trocknete ich mir Gesicht und Hände ab, wie es viele Japanerinnen auf öffentlichen Toiletten taten. Es war weiß und hatte einen Bassschlüssel in Schwarz aufgestickt.

»Entschuldige bitte«, sagte ich, als ich mich wieder zu Kogoro setzte, »der Kaffee hat mich irgendwie in Hitzewallungen versetzt.«

Er nickte ernst und zeigte mit vollem Mund auf das bereitstehende stille Wasser. Sein Honig-Donut war bereits angeknabbert.

Ich nahm einen Schluck von dem kalten Wasser.

»Wie geht es dir eigentlich?«, fragte ich ihn.

»Gut, viel besser. Danke der Nachfrage. Mich hatte nur eine Erkältung erwischt, aber jetzt ist wieder alles in Ordnung.«

»Es ist eben Winter, da erkältet man sich leicht.«

»Genau, ich mache mir da auch keine Gedanken. Aber um Ken mache ich mir Sorgen. Ich habe den Eindruck, er ist gerade sehr labil.«

»Inwiefern?« Ich biss in meinen zuckerglasierten Pon de Ring.

»Früher hat er sich von unserer Mutter nie so beeinflussen lassen. Ich weiß nicht, warum er das jetzt zulässt. Eigentlich war er immer derjenige, der unbeirrt seinen Weg gegangen ist. Ich möchte nicht, dass er denselben Fehler macht wie ich damals.«

Er hatte seinen letzten Donut aufgegessen und nahm seine Kaffeetasse in beide Hände.

»Wie du damals? Was ist denn geschehen?«

Kogoro wandte den Kopf ab und schaute aus dem Fenster wie auf einen fernen Berg mit einer alten und wunderschönen Burg darauf. »Ich hatte auch eine Freundin, vor vielen Jahren. Eine Chinesin, die aber in Japan aufgewachsen war. Das war das Problem. Sowohl für ihre als auch für meine Eltern. Sie haben nicht verstanden, dass unsere Kultur, unsere Bräuche und Gewohnheiten, sogar unsere Sicht auf die Welt sehr ähnlich waren. Das Einzige, was für sie galt, war, dass sie Chinesin war und ich Japaner. Eine Beziehung mit so viel geschichtlichem Ballast war für unsere Eltern nicht möglich. Also legten sie mir nahe, dass wir uns trennen sollten.«

»Oh nein.«

»Monatelang ging das so. Wir trafen uns immer öfter heimlich und sie schaffte es auch irgendwann, ihre Eltern von unserer Liebe zu überzeugen. Meine Mutter aber blieb stur. Ich denke, du weißt, wie sie ist, sie kann sehr bösartig sein.« Er warf mir einen mitfühlenden Blick zu. »Nichts, was ich versuchte, zeigte Wirkung, und ich fühlte mich immer schlechter.«

Er räusperte sich und zog dann schmerzverzerrt die Augenbrauen zusammen. Die Erinnerung schien ihm nahe zu gehen. »Aus irgendeinem irrigen Glauben heraus dachte ich irgendwann selbst, dass ich das Ansehen meiner Familie schädige, wenn ich meine

Freundin heiraten würde. Also habe ich die Beziehung beendet.«

Kogoro legte seine rechte Hand auf sein Herz, genau wie Ken es manchmal tat. »Es brach mir das Herz, ihr so wehzutun, aber vor allem schmerzte es mich, dass ich es nicht geschafft hatte, mich gegen meine Eltern durchzusetzen.«

Ich hatte die Ellenbogen aufgestützt und verbarg meinen Mund hinter ineinander verschränkten Händen. Gebannt folgte ich seiner Erzählung.

»Ken war zu der Zeit in Amerika, er weiß nicht, dass meine Mutter der Grund für die Trennung war. Wir haben nie darüber gesprochen. Er braucht dich jetzt. Ich bin sicher, dass du ihn wieder zu sich selbst führen kannst.«

Ich schluckte, blinzelte die Tränen in meinen Augen weg und wusste nicht, was ich sagen sollte.

Kogoro fuhr fort: »Er wurde in der Vergangenheit schon einmal von einer Frau verlassen, die mit seinem Lebensstil nicht zurechtkam. Ja, ich weiß, er ist speziell, aber wenn man Geduld mit ihm hat, lohnt es sich ungemein. Er braucht Vertrauen in dich und in euch. Ich denke, er hat einfach nur Angst, verlassen zu werden. Er bezeichnet sich ja auch selbst als Witwer, weil er sich bis heute Vorwürfe macht, an Yurikos Tod schuld zu sein. Dabei war das nach ihrer Trennung. In Situationen, in denen er unsicher ist, haften die Zweifel, die Mutter streut, deshalb umso besser.«

Ich nickte. Kens Mutter hatte mich also angelogen. Diese hinterhältige Kuh! »Ja, ich weiß nur nicht genau, wie ...«

»Habt ihr mal über eure Gefühle gesprochen? Nach der ersten Verliebtheit sollte man die Eckpfeiler der Beziehung klären, gerade bei einem ungewöhnlichen Paar wie euch. Das würde ich euch ans Herz legen.«

»Ich hatte immer den Eindruck, dass Ken solche Gespräche scheut«, sagte ich zögerlich.

»Lass ihn über sein Cello reden, über das, was es in ihm auslöst. Dann kommst du seinen Gefühlen ganz nahe.«

Das klang nachvollziehbar. Ich nickte wieder, dann fiel mir etwas ein. »Und was ist mit Yuna?«

»Die hat er nicht mehr getroffen, soweit mir bekannt ist.«

Nachdenklich nahm ich einen großen Schluck Café au Lait und Kogoro ergänzte: »Ich sage nicht, dass es leicht wird. Aber das ist es nie, wenn sich etwas wirklich lohnt.«

Ich seufzte. »Ja, wahrscheinlich hast du Recht. Danke für deine ehrlichen Worte. Wirklich! Erst hast du mich zu eurem Haus gefahren, dann deine Hilfe mit Ken ... und heute ...«

»Ich will nur, dass er glücklich wird. Und seit der Sache mit Yuriko war er das nicht mehr. Aber ich sehe sein Gesicht, wenn du bei ihm bist. Dann ist er wach und seine Augen glänzen. Ich habe einfach den Eindruck, dass du ihm guttust. Ob es andersherum genauso ist, kannst du wahrscheinlich besser entscheiden. Aber ich denke, man sollte immer das machen, was einem selbst – und nur einem selbst – guttut. Oder?«

Er lächelte charmant und ich konnte mir den jüngeren Kogoro gut vorstellen, wie er mit seiner chinesischen Freundin geflirtet hatte.

»Danke dir, Kogoro. Du hast mir wirklich sehr geholfen. Ich wünschte, du könntest bei unserem Gespräch dabei sein, als Mediator.«

Er lachte und winkte ab. »Ach, das könnt ihr ganz sicher alleine. Dazu braucht ihr mich nicht. Wenn du willst, kann ich ja noch mal bei ihm nachfühlen, ob er auf der richtigen Spur ist.«

»Das würdest du tun? Aber nicht, dass es auffliegt, dass wir uns heute getroffen haben. Er war letztes Mal schon sauer auf dich, weil du mir geholfen hast.«

Kogoro lachte herzlich auf. »Glaub mir, er kann mir sowieso nicht lange böse sein. Wer könnte auf den kleinen Bruder schon sauer sein? Nimmst du noch einen Refill?«

Ich nickte und Kogoro hielt die ganz in Gelb gekleidete Kellnerin mit der Kaffeekanne an, damit sie uns noch etwas nachgoss. Vielleicht würde ich am nächsten Tag wirklich zum Schrein gehen, um für ein wenig Liebesglück zu beten, sagte ich mir, als ich unsere Tabletts wegbrachte.

Die nächsten Tage zogen sich wie Gummi. Die Stadt lag ruhig da in den ersten Januartagen, das neue Jahr schien noch ein wenig zu schlafen. Die Luft war klar und es war unverändert sonnig. Ich liebte den Winter in Tokyo und nutzte die freien Tage vor Arbeitsbeginn für meine Uni-Aufgaben. Zwischen den Texten, die ich für die Abschlussarbeit lesen und übersetzen musste, gönnte ich mir kurze Spaziergänge in unserem Viertel. Die Sonne lockte mich einfach nach draußen.

An dem kleinen Schrein um die Ecke betete ich für ein Jahr voller Liebesglück und holte mir einen passenden Talisman. Das kleine rote Stoffsäckchen mit dem aufgestickten Tiger darauf band ich an meine Umhängetasche. Es war zwar noch ein wenig früh für das chinesische Neujahr, aber Kleinigkeiten im Tiger-Design konnte man bereits erwerben.

Bei dem letzten Blick auf die Schreingebäude kam mir unweigerlich Fabian wieder in den Sinn. Er hatte mir in seinen Nachrichten sehr ausführlich seine

Gefühle dargelegt, doch ich verdrängte den Gedanken daran. Mit ihm würde ich mich noch früh genug auseinandersetzen müssen und ich scheute mich davor. Keine seiner Nachrichten hatte ich bisher beantwortet. Ich wollte mich fürs Erste ganz auf das Wiedersehen mit Ken konzentrieren.

Am Tag seiner geplanten Ankunft stellte ich frische Blumen in eine goldene Vase und füllte unseren Kühlschrank. Ich freute mich schon auf das Essen, das Ken wieder für uns zaubern würde. Außerdem hatte ich ein Foto von uns rahmen lassen und auf die Kommode neben dem Esstisch gestellt.

Es war unser Septemberwochenende in Hakone gewesen. Wir waren mit einem viel zu kitschigen Piratenschiff über den Ashinoko-See gefahren und hatten uns mit dem Fuji im Hintergrund fotografieren lassen. Mit dem Rücken lehnten wir an der Reling und Ken hatte eine Hand um meine Hüfte gelegt. Da hatte ich noch den Schirm in der Hand, den ich später in der Gondel der Seilbahn vergaß. Dabei war es mein Lieblingsschirm: schwarz, aber mit rosafarbenen Kirschblütenblättern auf der Innenseite. Als wir den Verlust bemerkten, rief Ken sofort jedes Fundbüro in der Nähe an, und eines davon rief uns am Abend tatsächlich zurück. Der Schirm war abgegeben worden. Für Ken war das nicht verwunderlich, sondern eine japanische Selbstverständlichkeit. Ich hingegen war verblüfft über die ehrlichen Finder.

Neben der Kommode stellte ich die Papiertüte mit dem eingepackten Schal für Ken bereit.

Die restliche Zeit lief ich auf und ab und trat eine Laufspur in den Teppich. In welcher Verfassung war Ken nach unserem Streit? Würde das Wiedersehen unangenehm werden? Was, wenn wir uns nur anschwiegen oder dieselben Vorwürfe wiederholten? Hoffentlich war noch nicht zu viel kaputt gegangen.

Ich prüfte zum zehnten Mal, ob alles aufgeräumt war, und wiederholte zum hundertsten Mal die Worte, die ich mir zurechtgelegt hatte. Sie waren jedoch wie weggeblasen, als nach einer gefühlten Ewigkeit endlich der Schlüssel im Schloss zu hören war.

Vorsichtig schaute ich um die Flurecke und als Ken mich erblickte, hellte sein Blick sich auf. Er lächelte erleichtert. »Zum Glück bist du da. Ich hatte schon befürchtet, du hättest längst gepackt oder wärst auf und davon.«

Er ließ seine Taschen fallen und kam auf mich zu. Entgegen meinem Plan, erst einmal abwarten zu wollen, fiel ich ihm um den Hals und vergrub mein Gesicht in seinem Jackenkragen. Mit geschlossenen Augen sog ich den Duft seines Aftershaves ein. Sanft drückte er mich von sich weg und suchte meinen Mund mit seinem. Von

Herzen gern ließ ich mich in seine vollen Lippen sinken und umschloss seinen Kopf mit meinen Armen.

»Ich hab dich so vermisst«, sagte er zwischen den Küssen.

»Ich dich auch. Die letzten Tage wollten einfach überhaupt nicht vergehen.«

Wir lösten uns voneinander und genossen den Anblick des jeweils anderen. Wie lange hatten wir uns nicht gesehen?

»Frohes neues Jahr«, sagte Ken.

Ich lachte nervös. »Ja, dir auch!«

Dann zog er seine Jacke aus und wollte nach seinen Taschen greifen. Ich konnte nicht länger warten. Das unangenehme Thema musste auf den Tisch. »Es tut mir leid, dass ich einfach so bei deinen Eltern hereingeplatzt bin! Das war total überzogen, ich weiß auch nicht, was mich geritten hat. Lass uns bitte nicht mehr streiten.«

Ken ließ die Taschen stehen und sah mich an. »Nein, mir tut es leid, dass ich es nur noch schlimmer gemacht habe. Ich war überfordert von deiner Spontaneität und meine Mutter hat sich wieder mal völlig danebenbenommen. Aber damit ist jetzt Schluss.«

Fragend schaute ich ihn an.

»Ich habe ihr klar gesagt, dass sie akzeptieren muss, wie ich mein Leben führe, und dass sie sich gern aus allem heraushalten darf, wenn ich sie nicht um Rat frage.«

Seine Augen strahlten vor Stolz und ich konnte mein Lächeln nicht verbergen.

»Mona, du bist einfach so viel stärker als ich, das bewundere ich.« Er schlang beide Arme um mich und drückte mich fest an sich. Seine Schläfe an meiner. »Eines habe ich durch deinen Auftritt auf jeden Fall verstanden: dass unsere Beziehung für dich nicht nur ein lustiger Zeitvertreib ist. Dass du dich sogar mit Kogoro zusammentust ...«

Er löste sich von mir und sah mich ernst an. »Es tut mir leid, dass ich an dir gezweifelt habe.« Sein Blick ruhte auf meinem Gesicht und seine Stimme wurde immer ruhiger. »Wahrscheinlich hatte ich einfach nur Angst, dass du mich irgendwann sitzen lassen würdest. Ich wollte es nicht wahrhaben, dass du es ernst mit mir meinen könntest, obwohl ich es mir natürlich gewünscht habe.«

Kens Ernsthaftigkeit verblüffte mich. Noch nie hatte er so aus seinem Herzen heraus über seine Gefühle gesprochen.

»Ich weiß gar nicht, was ich sagen soll. Das ist schön, dass du so denkst. Ich freue mich.«

Er ließ sich nicht aus der Ruhe bringen. Seine braunen Augen schauten mich direkt an und mit einer

Hand fuhr er zaghaft durch meine Haare. »Ich meine es ernst.« Er küsste mich sanft auf den Mund und fuhr fort. »Von jetzt an keine Geheimnisse mehr. Ich will dich mit allen Facetten kennenlernen. Ich bitte dich nur um ein bisschen Geduld mit allem.«

Ich war zu gerührt, um etwas zu erwidern, und schenkte ihm ein strahlendes Nicken.

Es wurde allmählich Abend und Kens Taschen standen noch immer im Flur. Wir lagen im Bett und lauschten der Stille. Die letzten Sonnenstrahlen fielen auf die verstreuten Kleidungsstücke am Boden. Ich hatte meinen Kopf an Kens Oberkörper gelehnt und zog mit dem Finger kleine Kreise um seinen Bauchnabel, als das Telefon klingelte. Ken schlug die Bettdecke beiseite.

»Ach, nein, bleib doch«, bat ich ihn.

Er gab mir einen Kuss auf die Stirn. »Ich schaue nur kurz, wer es ist, okay?«

Er stand auf, griff um die Ecke an der Tür nach dem Telefon. »Ausgerechnet.« Ken stöhnte, drückte den Anruf weg und legte den kabellosen Telefonhörer auf seinen Nachttisch. »Meine Mutter.«

»Oh.«

Dann kroch er zurück zu mir unter die Bettdecke. Seine kühlen Beine schmiegten sich an meine.

»Seid ihr jetzt im Bösen auseinandergegangen?«

»Nein, das nicht, aber ich möchte einfach nicht mehr springen, wenn sie es sagt.«

Das Telefon klingelte erneut.

»Ach, was will sie nur … Ich rufe sie später zurück.«

Der kurze Piepton aus dem Telefon bedeutete, dass er auch diesen Anruf weggedrückt hatte.

»Der heutige Abend gehört nur uns«, sagte Ken und kuschelte sich an mich.

Im nächsten Moment klingelte das Telefon zum dritten Mal. Ken schaute mich überrascht an. »Also gut, aber dann mache ich den Lautsprecher an. Wir haben gesagt, keine Geheimnisse mehr.«

Mit einem etwas tieferen Signalton schaltete sich der Lautsprecher ein und wir hörten ein Rauschen am Ende der Leitung.

»Mutter, es ist leider etwas ungünstig, was gibt es denn?«

»Kensuke …«

Seine Mutter schniefte ins Telefon, ihre Stimme brach. Weinte sie? Ken riss die Augen auf. »Mutter? Ist alles in Ordnung?«

Man hörte mehrere Menschen im Hintergrund, dumpfes Geraschel, anscheinend wurde der Hörer weitergegeben. Kens Vater meldete sich.

»Kensuke ...«, sagte er mit tiefer Stimme und räusperte sich mühsam. »Komm ins Krankenhaus. Kogoro hatte einen Herzinfarkt. Die Ärzte sagen, sie können nichts mehr für ihn tun.«

Kapitel 13

– Ken –

Das Regenwasser floss in Strömen das rote Torii hinunter, doch die Farbe trotzte dem grauen Himmel. Das verdammte Rot wollte einfach nicht weichen, im Gegenteil: Durch das Wasser glänzte es noch mehr, hämisch beinahe. Dabei war es nur angepinselt. Zwei kleine Jungen im Grundschulalter hatten es vor vielen Jahren angemalt. Mein Vater hatte zwar noch einmal sauber darübergestrichen, als wir im Bett waren. Aber es war unser Torii, unsere Arbeit.

Plötzlich brach sich ein immer größer werdender Riss Bahn durch das Holz des linken Stützpfeilers. Das Holz wurde morsch und bröckelte, bis das Tor auf einer Seite krachend einknickte. Der andere Pfeiler hielt noch stand, neigte sich jedoch bedrohlich tief.

Ich schnappte nach Luft und blinzelte. Das Torii stand nun wieder unversehrt an seinem angestammten Platz, beide Pfeiler aufrecht, mit dem doppelten, geschwungenen Oberbalken darauf. Ich musste mich aufs Atmen konzentrieren, sah aus dem Augenwinkel, wie meine Brust sich schwer hob und senkte. Mühsam wandte ich den Blick vom Fenster und erschrak, da Vater wortlos im Türrahmen stand. Sein schwarzer Anzug war ihm etwas zu groß geworden.

    Ich biss mir auf die Lippen und suchte hilflos im Zimmer nach meinem Schal und meiner Tasche. Es dauerte, bis mir auffiel, dass ich gar keine Tasche dabeihatte. Als ich mich der Tür näherte, griff Vater plötzlich nach mir und schlang seine Arme um mich. Ich klammerte mich an ihn und ließ meinen Tränen freien Lauf über seinen Anzugrücken. Meine Lippen waren schon ganz wundgebissen. Vater hatte mich früher nie umarmt. Seit Kogoros Tod war es nun schon das dritte Mal.

Ein Bekannter fuhr uns zum Krematorium. Mutter saß mit mir auf der Rückbank. Ihr Gesicht war unter dem kurzen Gazeschleier kaum zu erkennen, aber sie umklammerte ein grünes Stofftaschentuch. Ich wusste nicht, ob sie das alles schaffen würde. Ob ich das alles schaffen würde.

    Als der Wagen uns abgesetzt hatte, nahm Vater sie am Arm und zu dritt gingen wir auf das Gebäude zu. Ich hatte noch nie einen trostloseren grauen Flachbau gesehen.

    Eine Empfangsdame führte uns nach einer kurzen Atempause in den Raum, in dem sie Kogoro für seine letzten Besucher vorbereitet hatten. Der braune Sarg verschwamm vor meinen Augen, noch bevor ich meinen Bruder darin erblickte. Vater und Mutter hielten sich aneinander fest und schritten zitternd auf ihn zu. Mit zusammengepressten Lippen stellte ich mich auf die andere Seite der Bahre.

Er sah friedlich aus, aber müde. Sein Herz hatte keine Kraft mehr gehabt. Die Ärzte sagten, er habe seit Jahren unter verengten Herzkranzgefäßen gelitten und Medikamente genommen, das hätten wir sicher gewusst. Mutter schlug die Hand vor den Mund. Vermutlich war sie wie ich davon ausgegangen, dass sich dieses Problem bei Kogoro längst erledigt hatte.

Nachdem wir uns verabschiedet hatten, verfolgten wir, wie ein Angestellter den Sarg bedächtig Richtung Verbrennungsofen schob. Ich legte den Arm um meine Mutter, Vater rahmte sie von der anderen Seite ein.

So standen wir zu dritt und es fühlte sich an, als würde mit einer großen Schere ein Viertel unseres Familienbandes abgeschnitten. Zurück blieben nur noch wir drei, allein gelassen, wehrlos. In meiner Vorstellung schauten wir einander reihum an und jeder flehte ängstlich »Verlasst mich nicht«. Die Aussicht darauf, dass unser Familienband in Zukunft immer kürzer werden würde, schnürte mir die Kehle zu. Ich wünschte mir verzweifelt, ein neues Stück an dieses Band anzukleben, damit es nicht zu kurz würde und womöglich ganz verschwand.

Mit unserer Trauer waren wir schließlich allein im Warteraum für Angehörige. Vater ging auf und ab, setzte sich manchmal zu Mutter und strich ihr über den Rücken. Ab und zu murmelte er, dass Kogoros Seele nun unsere Familie beschützen würde und dass er in unseren Herzen weiterlebte. Ich hatte ihn noch nie zuvor mit rot unterlaufenen Augen gesehen.

Nach einer knappen Stunde bat uns der Angestellte in den nächsten Raum. Nervös traten wir an den Tisch zum *Kotsuage*, dem Ritual, das die Familienmitglieder der realen und der spirituellen Welt wieder miteinander vereinen sollte. An die Beerdigung meiner Großeltern erinnerte ich mich kaum. Ich hatte nur aus Erzählungen von diesem speziellen Ritus gehört und konzentrierte mich nun darauf, dass vor allem Mutter es gut durchstand. Seit die Gäste am Morgen unser Haus verlassen hatten, hatte sie kein Wort mehr gesagt.

Der Angestellte verbeugte sich höflich und erklärte mit ruhiger, gedämpfter Stimme, dass wir nun die Knochen, die bei der Verbrennung übrig geblieben waren, gemeinsam in die bereitstehende Urne geben würden. Wir nahmen die langen Bambusstäbchen in unsere Hände und folgten seinen Bewegungen. Von den Füßen bis zum Kopf hoben wir die Überreste nach und nach in die Urne. Längere Knochen hoben wir zu zweit an und gaben sie in ihre letzte Ruhestätte. Anfangs zitterten Mutters Stäbchen noch, doch bald hatte sie sich beruhigt. Auch ich verspürte eine zunehmende Ruhe bei diesem Ritual und als wir uns dem Ende näherten, hatte ich das Gefühl, dass wir Kogoro den Weg in die spirituelle Welt geebnet hatten.

Schließlich legten wir die Bambusstäbchen ab und der Angestellte bat uns, nur noch einen kurzen Moment zu warten. Etwas abseits stehend beobachteten wir, wie er mit einem unauffällig hinzugekommenen Kollegen nun auch die Asche in die Urne füllte, das Gefäß von sicher verschloss und würdevoll reinigte.

Mutter schniefte ein letztes Mal, dann atmete sie lange aus. Ich legte ihr die Hand auf den Rücken und überließ es Vater, die Urne an sich zu nehmen. Die Angestellten reinigten uns symbolisch mit etwas Salz, dann bedankten wir uns und verließen das Gebäude. Draußen wartete ein Wagen des Krematoriums, der uns nach Hause brachte.

Zehn Minuten saß ich mit meinem Handy auf dem Sofa und fand einfach keine Worte, die ich Mona schreiben konnte. Sie fehlte mir an meiner Seite. Sicher hätte sie mir Trost spenden können, oder zumindest neben mir gesessen und meine Hand gehalten.

Ich gab es auf, ließ das Handy auf dem Sofa liegen und ging noch einmal hinunter ins Erdgeschoss. Es war verdächtig ruhig geworden.

Meine Eltern saßen im Wohnzimmer, mit einem Teeservice auf dem Tisch vor ihnen. Die kleinen Tassen waren gefüllt und heller Dampf stieg von ihnen auf. Etwas stimmte nicht an diesem Bild, aber ich wusste nicht, was.

Ich setzte mich ihnen gegenüber, nahm mir die verbliebene Tasse und goss mir Tee ein. Wo vorher vier Teetassen gestanden hatten, standen jetzt nur noch drei. In diesem Moment fiel mir auf, was an dieser Szene falsch war: Meine Eltern hielten sich an den Händen.

Sie hatten ihre Korbsessel so nah zueinander gestellt, dass sich ihre Armlehnen berührten. Die Hand meines Vaters ruhte auf der meiner Mutter. Ich starrte sie an, schaute zwischen den beiden hin und her. Doch sie rührten sich nicht und ließen ihre Arme dort, wo sie waren.

Vater schaute mich ruhig an. Mutter hatte den Blick gesenkt, hob ihn aber, als sie mit brüchiger Stimme zu sprechen begann. »Wir haben immer gedacht, dass Kogoro irgendwann eine anständige Frau finden und heiraten würde. Damit wenigstens einer unserer Söhne ein ehrenwertes Mitglied der Gesellschaft würde.«

Ich setzte die heiße Tasse wieder ab und lehnte mich zurück. Das Sprechen fiel meiner Mutter sichtlich schwer. »Mein lieber Kensuke, wir werden auch nicht jünger und wir wollen dich in guten Händen wissen. Frau Suzuki ist mir in den letzten acht Jahren als gewissenhafte, liebreizende Dame ans Herz gewachsen. Sie hat keine einzige ihrer Unterrichtsstunden versäumt, sogar mit Fieber war sie einmal bei mir und ich musste sie nach Hause schicken. Ich möchte, dass du sie noch einmal triffst, dich von ihrem reinen Herzen überzeugst und sie dann heiratest.«

Es war nichts zu hören außer den Regentropfen, die unaufhörlich an die Fenster prasselten. Mutter wandte den Kopf zu meinem Vater und dieser nickte kaum sichtbar, ohne seinen Blick von mir zu lösen.

Ich räusperte mich und sprach leise. »Ich habe schon eine Frau in meinem Leben, die ein reines …«

»Du wirst diese Familie in die Zukunft führen und eine standesgemäße Frau heiraten, die deinesgleichen ist!« Vaters Stimme donnerte durch das Haus.

Meine Mutter zog ihre Hand unter der ihres Mannes hervor und besänftigte ihn, indem sie seine Hand mit ihrer zudeckte und mit leiser Stimme weitersprach. »Wir werden das nicht diskutieren, Kensuke. Triff deine Entscheidung. Unser Erbe ist auf eine Familie angelegt – eine japanische Familie. Wenn du uns keine Wahl lässt, erbt dein Sohn eben deinen Anteil.«

Ich stieß ein gepresstes Lachen aus und suchte nach Worten. »Ist das euer Ernst? An so einem Tag, an dem wir erst recht zusammenhalten sollten?«

»Ganz recht. Der Zusammenhalt der Familie ist jetzt das Einzige, was zählt. Wir haben ein wichtiges Familienmitglied verloren und wir sollten die Lücke, die entstanden ist, so schnell wie möglich schließen.«

Mit offenem Mund starrte ich meinen Vater an.

»Schlaf ruhig eine Nacht darüber, niemand …«

»Da gibt es nichts, worüber ich schlafen müsste«, sagte ich viel zu laut und besann mich dann. Betont ruhig fuhr ich fort. »Es war für uns alle ein harter Tag, wenn nicht der Schlimmste unseres Lebens. Ihr seid sicher genauso erschöpft wie ich. Ich werde jetzt ins Bett gehen und wir können morgen in aller Ruhe …«

»Unsere Entscheidung steht«, sagte Vater mit nachtschwarzen Augen.

Ich schaute zwischen den beiden hin und her, doch sie hielten meinem Blick eisern stand. »Gute Nacht«, sagte ich, erhob mich und ließ die volle Tasse Tee stehen.

Im Bett wollte ich Mona endlich eine Nachricht schreiben. Sie hatte bereits zweimal nachgefragt, wie es mir ging. Sie schrieb, ich könne sie jederzeit anrufen, sie sei für mich da. Aber ich wollte nicht darüber nachdenken, wie es mir ging. Ich konnte es nicht. Immer wieder setzte ich an, tippte ein paar Worte und löschte sie wieder.

Wie sollte ich ihr das alles erklären? Wäre es von Angesicht zu Angesicht einfacher gewesen? Ich konnte nicht begreifen, wie um Himmels willen das Glück der letzten Tage sich so einfach in Luft aufgelöst hatte.

Irgendwann gab ich auf und löschte das Licht. Eine Melodie drängte sich mir in den Kopf, nur ein paar Töne, aber sie erschienen mir brandneu. Ich schloss die Augen und ließ die Noten vor meinem geistigen Ohr auf- und niederschweben, arrangierte sie in verschiedenen Reihenfolgen und probierte einen Rhythmus aus. Er passte nicht. Ich würde ihn am nächsten Tag aufschreiben müssen.

– Mona –

Lustlos schob ich das Lachs-*Nigiri* von links nach rechts und nahm doch lieber erst ein Stück Ingwer. Langsam ließ ich mir den bitteren Geschmack auf der Zunge zergehen. Ich starrte die restlichen drei Stück Sushi an, als könnten sie mir Antworten geben.

Ken hatte sich nach einem kurzen »Es ist schwer, ich brauche hier noch etwas Zeit« seit fünf Tagen nicht gemeldet. Der Messengerdienst verriet mir aber, dass er meine Nachrichten gelesen hatte. Ich machte mir Sorgen, wie er und seine Eltern den schweren Verlust verkraften würden.

Es war für uns alle ein Schock gewesen. Ken hatte augenblicklich seine unausgepackten Koffer genommen und ein paar neue Sachen zusammengerafft. Als ich fragte, ob er mich dabeihaben wollte, überlegte er einen Augenblick, verzog verzweifelt das Gesicht und schüttelte den Kopf. Mit dem Taxi fuhr er zu seinen Eltern zurück.

Bestimmt kamen viele Freunde und Bekannte zu Besuch, um ihr Beileid auszusprechen, und sicher war auch einiges an Formalitäten zu erledigen. Das ließ sich nicht vermeiden. Ich war traurig, dass ich nicht bei ihm sein konnte, und machte mir Sorgen um ihn, weil er sich nicht meldete. Aber ich musste Geduld haben. Darum hatte er mich ja gebeten.

»Hey ... schmeckt's nicht?«, fragte eine besorgte Stimme und als ich den Kopf hob, erkannte ich Fabian. Ruckartig richtete ich mich auf. Der hatte mir gerade noch gefehlt.

Meine Wangen wurden heiß und ich dachte an die fünf oder sechs Nachrichten, auf die ich ihm immer noch nicht geantwortet hatte. Ich schluckte schwer. Im Goethe-Institut konnte man jemandem also nicht länger als zwei Tage aus dem Weg gehen. Dabei war ich zum Mittagessen extra nicht in die hauseigene Kantine gegangen, sondern in das kleine Sushi-Restaurant gegenüber.

Er stand noch immer hinter dem Stuhl auf der gegenüberliegenden Seite des Tisches und schien auf ein Zeichen zu warten, dass er sich dazusetzen durfte. »Janine hat mir erzählt, was passiert ist. Tut mir sehr leid. Wenn du nichts gegen ein bisschen Gesellschaft hast …«

Ich nickte. »Ja, setz dich ruhig.«

Der Kellner kam und Fabian gab seine Bestellung auf.

»Wie läuft deine erste Januarwoche?«, fragte ich, als der Kellner wieder gegangen war.

»Ist alles sehr aufregend, ich find's toll bisher.«

Ich schwieg und merkte zu spät, dass ich schon wieder in Gedanken abgedriftet war.

»Aber darüber wollte ich nicht mit dir reden, Mona.«

Sein Tonfall war ernst. Er schaute mich an, als wartete er ab, bis ich von selbst darauf kommen würde.

»Ich kann das jetzt nicht.« Mühsam brachte ich die Worte hervor und hätte mich am liebsten vergraben.

»Doch, ich glaube schon.« Er griff auf dem Tisch nach meiner Hand. »Lauf nicht vor deinen Gefühlen davon. Du machst eine schwere Zeit durch und ich möchte dich nicht drängen. Aber das Knistern zwischen uns, das bilde ich mir doch nicht ein. Oder?«

Ich schaute ihn erschrocken an, dann glitt mein Blick auf unsere beiden Hände. Der Kloß im Hals wurde größer und im nächsten Augenblick rollte eine Träne meine Wange hinunter. Warum passierte immer alles auf einmal?

»Sorry«, sagte er und zog seine Hand zurück. »Es fällt mir nur so schwer, dich leiden zu sehen.«

Ich wischte die Träne ab und konnte nichts sagen.

»Wenn du dir nur helfen lassen würdest ...«

Sein Sushi wurde gebracht, aber er rührte es nicht an. Unverwandt schaute er mich an. Das Bild von unserem Kuss drängte sich in meinen Kopf, gleichzeitig mit der Frage, ob die Sache mit mir und Ken nicht längst eine Nummer zu groß für mich war. Ich konnte Fabians Blick nicht standhalten und spürte, wie die Tränen wiederkamen.

Plötzlich stand er auf, kam um den Tisch herum, zog einen Stuhl vom Nachbartisch heran und setzte sich links neben mich. Er legte seinen Arm um mich und weinend ließ ich mich in seine Schulter fallen. »Ich weiß einfach nicht mehr, was ich tun soll. Ich weiß nicht mehr, wer ich bin und ob alles noch einen Sinn hat!«

Er legte seine Hand an meine Schläfe und wiegte mich an seiner Schulter hin und her. Mit ruhiger Stimme tröstete er mich. »Es ist völlig okay, verwirrt zu sein. Manchmal hat man einfach das Gefühl, dass man den Weg aus den Augen verloren hat. Schon okay.«

Er wiegte mich sanft hin und her und ich heulte seinen Pullover voll. »Ich habe das Gefühl, dass ich völlig den Kontakt zu ihm verliere. Letztes Wochenende war endlich wieder alles in Ordnung, und jetzt … ist das Kartenhaus irgendwie wieder zusammengebrochen. Wenn er mich in einer so wichtigen Situation nicht bei sich haben will, was heißt das dann?«

Fabian streichelte mir über Stirn und Augen. »Mona, ich weiß nicht, was er gerade durchmacht. Aber ich würde dich immer an meiner Seite haben wollen.« Er hielt inne, griff nach einer Serviette und betupfte meine Wange. So saßen wir eine Weile, eng aneinander gelehnt. Mir war egal, was die Leute um uns herum dachten, und Fabian anscheinend auch.

Irgendwann nahm ich ihm die Serviette ab und löste mich aus seinem Arm. Unsicher saßen wir da. Unsere Blicke trafen sich und gingen sich wieder aus dem Weg.

Allmählich beruhigte ich mich. Sein Arm um meine Schulter hatte sich so gut angefühlt.

»Ich will nur sagen, wenn du jemanden zum Reden brauchst oder nicht alleine sein möchtest, bin ich da.«

»Danke.«

Ich wollte alles andere als heute Nacht alleine sein, aber ich ahnte, wenn ich zu ihm gehen würde und wir nur zu zweit wären, könnte etwas passieren, das ich später bereuen würde.

Er atmete tief ein und seufzte. »Bist du okay?«

»Ja.« Ich trocknete meine Tränen.

Er stand auf, setzte sich wieder auf den Stuhl mir gegenüber und begann, das Sushi zu essen. Ich schaute ihm zu und die plötzliche Leere links neben mir ließ mich frösteln.

Kapitel 14

– Ken –

Meine Eltern schliefen, nichts rührte sich im Haus. Der Mond malte einen langen weißen Streifen ins Zimmer. Seit einer Stunde lag ich hellwach im Bett. Schlaf war sinnlos geworden.

Ich stand auf und ging hinüber in Kogoros Zimmer. Mutter hatte sich noch nicht wieder in seinen alten Raum getraut, aber ich war jede Nacht hier, umgab mich mit seinen Sachen. Eine alte Kiste mit Sporttrophäen und Urkunden aus seiner Schul- und Studienzeit hatte ich schon durch. Wann hatte er eigentlich mit dem Schwimmen aufgehört?

Ich setzte mich vor dem Regal auf den Boden, zog möglichst lautlos die nächste Kiste hervor und nahm den Deckel ab. Ein Briefumschlag, Fotoalben und Notizbücher – es schien eine Kiste neueren Datums zu sein. In einem der Notizbücher bewahrte er Tickets und Fahrscheine auf. *Okuribito*, *Illuminati*, *Hangover*, alle aus dem letzten Jahr. Er war gern ins Kino gegangen.

Unter den Fotos fand sich auch die Skifahrt, die wir vor zwei oder drei Jahren zusammen mit meinem Sohn unternommen hatten. Eine reine Männerrunde, das war ein tolles Wochenende bei strahlendem Sonnenschein gewesen. Da war Shun noch Student gewesen, und nun war er selbst auf dem besten Weg, Vater zu werden. Ich schüttelte den Kopf. Wie die Zeit verging. Ich nahm mir vor, mich am nächsten Tag wieder bei ihm zu melden. Als er am Tag der Totenwache hier gewesen war, hatten wir kaum in Ruhe sprechen können.

Ich legte das Fotoalbum beiseite und nahm den Brief auf. Auf seiner Rückseite stand in Kogoros Handschrift: »Für Ken. Wenn ich gegangen bin.«

Ein kalter Schauer fuhr mir über den Rücken und ich hörte ein Geräusch im Treppenhaus. Erschrocken drehte ich mich um und lauschte. Aber alles war ruhig.

Leise wandte ich mich wieder dem Brief zu, riss ihn auf und nahm das Papier aus dem Umschlag. Konnte es wirklich das sein, wofür ich es hielt?

Schon bei der ersten Zeile bildete sich ein Kloß in meinem Hals.

11. Juni 2009. Mein lieber Bruder, es tut mir leid, dass ich dich allein gelassen habe. Seit einem Jahr sagen die Ärzte mir jeden Monat dasselbe: dass mein Herz nicht mehr lange durchhält. Wie lange es noch mitmacht, weiß ich nicht. Es hat in all den Jahren zu viel gelitten und ich spüre, dass es jeden Tag schwächer wird.

Ich will dich nicht trauriger machen, als du bist. Ich will dir Mut machen, auf dein Herz zu hören, denn das ist das Wichtigste. Ohne unser Herz sind wir nichts. Ich habe nicht auf meines gehört und daran ist es zugrunde gegangen.

Mit dem Ärmel wischte ich mir die Tränen weg. Auf den folgenden Seiten las ich, dass hinter seiner Trennung von Mai-Lin allein unsere Mutter gesteckt hatte. Er hatte sich offenbar nicht gegen unsere Eltern durchsetzen können und schließlich gegen sein Herz entschieden.

Der größte Fehler meines Lebens. Jeden Tag bereue ich es.

Er entschuldigte sich, dass er mir das alles damals verheimlicht hatte, genau wie seine Herzkrankheit. Er habe es für das Beste gehalten, uns alle damit nicht zu belasten. Ich konnte nicht glauben, was ich da las. All die Jahre war ich davon ausgegangen, dass seine Beziehung von innen heraus gescheitert war.

Wenn du jemals an einen ähnlichen Punkt kommen solltest, höre auf dein Herz! Es weiß, was richtig für dich ist, und niemand sonst.

Ich merke es selbst, im Alter wird man weich und unattraktiv, wenn man zu oft nachgibt. Mach nicht denselben Fehler wie ich. Kämpfe für dich! Ich habe dich immer für deine Stärke und Unabhängigkeit bewundert.

Ich warf das Blatt zur Seite, bevor meine Tränen das Papier noch völlig durchnässten.

Der Mondschein hinterließ seinen hellen Streifen hier quer im Zimmer. Von dort, wo sich Boden und Wand trafen, knickte er nach oben ab und lief die Wand hinauf. Am oberen Ende des weißen Streifens betastete das Licht einen Bilderrahmen.

Darauf bedacht, keinen Laut zu machen, erhob ich mich und wischte mir mit beiden Ärmeln über das Gesicht. Auf die Schnelle fand ich leider keine Taschentuchpackung.

Ich ging näher an den Bilderrahmen heran und erkannte Kogoro und mich. Wir standen vor unserer damaligen Lieblingsbar, ich hatte einen Arm um seine Schultern gelegt und wir grinsten in die Kamera. Es musste unsere Studentenzeit gewesen sein, Kogoro war noch sportlich schlank und ich hatte einen seltsam gestutzten Kinnbart.

Ja, es war der Abend, an dem wir meinen Universitätsabschluss gefeiert hatten. Er war stolz auf mich und sprach den ganzen Abend davon, dass er in zwei Jahren auch so weit sein wollte und dass wir dann wieder feiern würden. Was wir natürlich auch taten. Der Gedanke an diese glückliche Zeit beruhigte mich etwas. Vorsichtig strich ich über den schlichten Holzrahmen des Fotos.

Dann hockte ich mich wieder vor die Kiste, las den Brief zu Ende und steckte ihn schließlich zurück in den Umschlag. Die Fotoalben und Notizbücher sortierte ich in die Kiste ein und schob sie zurück ins Regal. Den Brief nahm ich an mich und würde ihn in meinem Bett noch einmal lesen. Eine Zeile daraus hallte in meinem Kopf wider.

Nur weil man sein Licht gefunden hat, heißt das nicht, dass man ihm auch entgegenwachsen kann.

Ich lag im Bett und beobachtete den Mondschein, der sein Licht unablässig in mein Zimmer warf.

Nur weil man sein Licht gefunden hat ...

Wenige Tage später machte ich mich wieder auf den Heimweg.

»Du kommst aber am 17. wieder, ja?«

»Jaja«, sagte ich genervt, da sie das schon dreimal gefragt hatte. »Natürlich, Mutter.«

»Die Zeremonie mit dem Mönch stehen wir nicht alleine durch.«

»Und es gehört sich, dass die ganze Familie anwesend ist«, sagte Vater knapp und stieg auf der Fahrerseite in den schwarzen Suzuki.

Ich hielt Mutter die Beifahrertür auf und sie stieg umständlich ein. Wir hatten noch sechs Sonntage vor uns, an denen der Mönch in unser Haus kommen und die buddhistische Zeremonie abhalten würde, um die Totenseele bei ihrer Reise ins Jenseits zu unterstützen. Natürlich würde ich jeden Sonntag wieder herkommen, meine Termine hatte ich bereits entsprechend verschoben. Aber zehn Tage bei meinen Eltern, in diesem Haus voller Erinnerungen, waren genug. Ich musste hier raus.

Ich klappte die Tür zu und stieg auf der Rückbank ins Auto, als Vater den Motor startete.

»Ich hätte wirklich ein Taxi nehmen können«, sagte ich.

»Schluss jetzt, ich muss mich konzentrieren.«

Vater setzte seine Brille auf und gab vorsichtig Gas. Mutter schaute nach links und rechts, ob die Straße vor unserem Haus frei war. »Wir müssen sowieso etwas in Shinjuku erledigen, wegen des Grundstücks.«

Seufzend lehnte ich mich zurück. Hatte ich alles? Schlüssel, Handy, Kogoros Brief. Ich prüfte unauffällig, ob Vater mich nicht im Rückspiegel beobachtete, und griff an mein Jackett. Unter den Fingern spürte ich die Kanten des Briefumschlags. Alles gut.

Draußen zog der Wohnort meiner Eltern vorbei. Es hatte tatsächlich geschneit. Ich wollte Mona noch eine Nachricht schreiben, dass ich endlich wieder nach Hause kam, aber plötzlich sagte Mutter: »Frau Suzuki hat sich übrigens nach dir erkundigt. Sie fragt, ob sie kommenden Sonntag der Zeremonie beiwohnen darf. Ich finde es etwas ungewöhnlich, aber da sie ja quasi zur Familie gehört, habe ich ihr zugesagt.«

»Bitte?« Ich war sprachlos.

»Dann könnt ihr euch endlich wiedersehen. Sie möchte dir persönlich ihr Beileid aussprechen.«

»Das hätte sie bei der Trauerfeier machen können.«

»Hat sie das nicht? Das wundert mich. Zu deinem Vater und mir hat sie sehr liebe Worte gesagt. Vielleicht war sie zu schüchtern.«

»Mutter, ich finde, du brichst ziemlich viele Lanzen für sie, obwohl ich mich gegen sie entschieden habe. Wir haben das doch geklärt.«

»Ach, du musst nur noch einmal in Ruhe mit ihr sprechen, dann … Achtung!«

Die Gurte strafften sich gleichzeitig bei uns dreien, als Vater wegen eines Autos von links, das auf seinem Vorfahrtsrecht bestand, auf die Bremse trat.

»Tetsuya!« Sie gab ihm einen Klaps auf den Arm. »Wie oft habe ich dir gesagt …«

»Ist ja gut«, brummte Vater.

Das konnte eine lange Autofahrt werden. Als wir auf der Hauptstraße waren, versuchte ich es noch einmal. Es half ja nichts. »Ich habe euch gesagt, ich möchte mich auf Mona konzentrieren, sie ist mir sehr wichtig. Allein der Gedanke, dass Frau Suzuki bei der nächsten Zeremonie an meiner Seite sitzt … Sie kannte Kogoro doch gar nicht, und mich kennt sie erst recht nicht. Mona hätte da sein sollen, aber das war ja ausgeschlossen.«

»Wieso? Du hast uns doch gar nicht gefragt.«

Ich japste nach Luft. Wie ein Fisch an Land blinzelte ich. »Ihr hättet sie doch niemals …«

»Natürlich hätten wir sie eher ungern dabeihaben wollen. Das war ein intimer Moment nur im engsten

Kreis der Familie. Wir alle brauchen Raum für unsere Trauer.«

»Also lässt du ihr ja keine Wahl!« Meine Stimme wurde lauter. »Was soll sie denn noch tun, um von dir wenigstens geduldet zu werden?«

»Japanerin werden vielleicht.«

»Das ... ihr seid doch ...« Ich konnte nicht mehr an mich halten. »Willst du für mich dasselbe Schicksal wie für Kogoro? Willst du mir meine Liebe ausreden, so wie du es bei ihm gemacht hast?«

»Kensuke ...«

»Damit ich dann auch an gebrochenem Herzen sterbe?«

Vater mischte sich ein. »Jetzt ist aber gut! Du beruhigst dich, sonst passiert noch ein Unfall. Wie soll ich so fahren?«

»Du brauchst mich nicht mehr fahren. Halt an!«

»Was?«

»Halt an!«, schrie ich. »Ich steige aus und nehme die Bahn.«

»Kensuke, was soll denn das?« Mutter versuchte, mich zu beschwichtigen.

»Nein, es reicht mir jetzt. Ihr habt nicht über mein Leben zu bestimmen. Halt endlich an, ich steige aus!«

Vater drosselte das Tempo und fuhr links an eine Bushaltestelle heran. Mutter redete weiter. »Du bist immer so ungenießbar, wenn du länger kein Cello gespielt hast.«

»Ja, denk mal darüber nach! Zufällig liebe ich das. Ich brauche das! Und genauso brauche ich Mona.« Ich schnallte den Gurt ab und griff nach meiner Tasche. Als ich die Tür schon offen hatte, sagte sie: »Tu das nicht, mein Junge, denk an dein Erbe.«

»Euer Erbe ist mir herzlich egal!« Ich stieg aus und knallte die Autotür zu, dass es nur so schepperte. Ohne einen weiteren Blick entfernte ich mich schnurstracks vom Wagen. Und wenn ich zu Fuß bis in die Stadt laufen musste, ich hielt es keine Sekunde länger hier aus.

Atemwolken stoben aus meiner Nase und meinem Mund. Es war kalt und ich hoffte, der Bus würde nicht zu lange auf sich warten lassen. Als genug Zeit vergangen war, wagte ich einen Blick zurück an die Stelle, wo Vater gehalten hatte. Das Auto war weg.

Gut so, dachte ich und schlug den Kragen meines Mantels hoch. Unruhig schabte ich mit den Schuhen im Kies, aber als sich eine Seniorin unter dem Dach des Wartehäuschens einfand, hörte ich auf und nickte ihr höflich zu.

– Mona –

Die Nacht war schlimm gewesen und obwohl ich Fabian ungern wieder begegnen wollte, freute ich mich, aus der Wohnung zu kommen. Das Jahr war schon fast zwei Wochen alt.

Ich blies letzte Atemwölkchen in die Luft und betrat das Goethe-Institut. Mittwochs hatte ich einen kurzen Tag und wollte den Nachmittag für meine Lektüre in Sachen Abschlussarbeit nutzen. Mit irgendetwas musste ich mich ablenken, solange von Ken kein weiteres Lebenszeichen kam.

Die Stunden vergingen wie im Flug, da die Schüler ungewöhnlich aufgeweckt waren und wirklich schöne Gruppenarbeiten und Unterrichtsgespräche zustande kamen. Nach dem Mittag sortierte ich mit Janine noch ein paar Lehrmaterialien. Sie hatte sich von der Sache mit Tsuyoshi zum Glück gut erholt und erzählte jedem, dass sie beim Schreinbesuch zu Neujahr einen Orakelzettel mit »großes Glück« gezogen hatte. Ihr Jahr würde super werden, davon war sie fest überzeugt.

»Ah, euch beide findet man immer leicht. Ich hab Kaffee mitgebracht, wollt ihr?« Fabian kam zu uns und stellte eine Palette mit vier Coffee-to-Go-Bechern auf den Tisch.

»Oh, womit haben wir denn das verdient?«, fragte Janine. »Danke!«

»Na ja, es ist so kalt draußen, da dachte ich, wir wärmen uns mal auf.«

Ich nickte, nahm dankbar einen Becher entgegen und tat etwas von der Milch hinein, die in kleinen Päckchen danebenlag. Der vierte Becher war sicher für Yumi.

Schweigend tranken wir einen Schluck und als Janine bemerkte, wie unablässig Fabian mich anschaute, fragte sie: »Soll ich euch beide mal allein lassen?«

»Nein, nein, warum denn?«, widersprach ich, aber sie war schon auf dem Weg zum Flur.

»Das wäre lieb, danke«, sagte Fabian und schaute Janine hinterher, bis sie auf dem Flur verschwand.

»Was wird denn hier gespielt?«, fragte ich misstrauisch.

»Ich hatte sie schon vorgewarnt, dass ich gern noch mal mit dir allein sprechen würde.«

Sprachlos schaute ich ihn an und wich einen Schritt zurück, als er sich mir vorsichtig näherte.

»Würdest du mir den Gefallen tun und mit mir essen gehen? Ich kenne einen guten Italiener und würde dich gern heute Abend ausführen. Bei einem Glas Wein und gemütlichem Essen kann man doch am besten entspannen und die Welt vergessen. Also, kommst du mit?«

»Heute Abend?« Meine Stimme piepste. Ich war der einsamen Abende zu Hause durchaus überdrüssig. Zuletzt war ich mit ihm und Janine an Weihnachten unterwegs gewesen. Und ich wusste noch zu gut, was danach passiert war.

»Hast du schon was anderes vor?«

»Nein«, sagte ich und zögerte.

»Na dann. Gib dir einen Ruck. Du musst mal rauskommen und ich …« Er schaute sich kurz um, ob nicht gerade zufällig jemand in der Tür stand. »Ich möchte gern Zeit mit dir verbringen. Willst du das nicht?«

»Ich halte das einfach nicht für eine gute Idee.«

»Meinst du, Ken hätte etwas dagegen einzuwenden, wenn du mit einem Kollegen essen gehst?«

Am liebsten hätte ich spontan ja gesagt, aber als ich Kens Namen aus seinem Mund hörte, fühlte es sich nicht richtig an. Fabian tat so unschuldig und ich kam nicht dahinter, ob es nur Show war oder ob er wirklich keine weiteren Absichten hatte. Ich zögerte, war hin-

und hergerissen, entschied mich dann aber, abzusagen. »Mal wieder auswärts essen gehen wäre wirklich schön. Aber weißt du, ich habe irgendwie das Gefühl, Ken könnte heute nach Hause kommen. Deshalb möchte ich lieber dort auf ihn warten. Tut mir leid, ein andermal vielleicht.«

Fabian atmete hörbar aus und legte den Kopf zur Seite. Er schaute mich ruhig an und blinzelte ein paar Mal. Ihm schien nichts mehr einzufallen. »Na gut. Schade, das macht mich ein bisschen traurig. Aber dann vielleicht ein andermal.«

»Ja, vielleicht.«

Wir hoben jeder unseren Kaffeebecher an die Lippen und tranken einen Schluck.

Kurz darauf schaute Yumi um die Ecke. Sie freute sich ebenfalls über den Kaffee von Fabian. Als auch Janine wieder dazukam, erzählte Yumi uns vom Stand ihrer Hochzeitsvorbereitungen. Zwischen den Feiertagen hatten sie Hochzeitstorten probiert und sich den Bauch vollgeschlagen. Der Termin rückte immer näher und sie freute sich schon auf die Feier im Frühling.

Winzige, kaum sichtbare Schneeflocken schwebten vom Himmel, als ich am Nachmittag in die leere Wohnung zurückging. Ich packte meine Tasche aus und setzte mich ohne große Umschweife direkt an den Esstisch, wo mein Laptop und einige ausgedruckte Dokumente schon auf mich warteten.

Nach einer Weile erinnerte ich mich an die Flasche kalten grünen Tee, die ich mir im Goethe-Institut gekauft hatte. Ich wollte den Rest gern trinken, fand sie aber nicht.

Plötzlich lief mir ein Schauer über den Rücken. Der Beutel mit der Flasche war nicht da! Ich hatte übrig gebliebene Süßigkeiten und Geschenke aus der Weihnachtszeit mit nach Hause nehmen wollen. Alles war in dem blauen Stoffbeutel, der vermutlich noch über meinem Stuhl im Goethe-Institut hing, und in den Beutel hatte ich auch mein Handy fallen lassen. Jetzt fiel es mir wie Schuppen von den Augen. Kein Wunder, dass ich auf dem Heimweg das Gefühl hatte, so wenig Gepäck zu haben. Ich hatte die Hälfte vergessen. Mist!

Ich überlegte, ob ich im Goethe-Institut anrufen sollte. Oder ob Janine noch da war? Aber ich hatte ihre Nummer nicht im Kopf, die war in meinem Handy gespeichert. Andererseits ließen die Kollegen und Kolleginnen öfter mal ein paar Sachen im Lehrerzimmer. Es würde sicher nicht wegkommen. Dann verbrachte ich den Abend eben ohne Handy. So konnte ich mich wenigstens optimal auf die Uni konzentrieren, und falls Ken nach Hause kam, war ich ja hier. Ich zuckte mit den Schultern und konzentrierte mich wieder auf meine Arbeit.

Noch etwa zwei Stunden las ich, schrieb Stichpunkte heraus und verfeinerte die Gliederung meiner Abschlussarbeit. Ab und zu glitt mein Blick zum Flur und der Wohnungstür, aber alles blieb still. Als mein Magen schließlich vor Hunger zu grummeln begann, sortierte ich die Unterlagen auf einem Stapel und klappte den Laptop zu.

Plötzlich klingelte es.

Ich schaute zur Tür, als ob mir das Aufschluss darüber geben würde, wer es war. Normalerweise wollte niemand etwas von uns. Nur Ken, wenn er seinen Schlüssel vergessen hatte und schnell noch mal zurückkam.

Aber es war nicht Ken. Als ich durch den Spion schaute, erkannte ich Fabians dunkelblonde Locken.

»Nanu, was machst du denn hier?«, fragte ich ihn beim Öffnen der Tür.

»Hi!« Er strahlte übers ganze Gesicht. »Ich dachte, du vermisst vielleicht dein Handy.«

In seiner Hand hielt er mein Smartphone.

»Wow, danke! Aber woher weißt du, wo ich wohne?« Ich nahm das Handy entgegen und legte es nach einem kurzen Blick aufs Display auf die schmale Ablage im Flur.

»Tja, ich schätze, Janine mag mich«, sagte er mit einem selbstsicheren Grinsen.

Ohne nachzudenken, öffnete ich die Tür ein Stück weiter und wies mit der offenen Hand in die Wohnung. »Möchtest du …?«

»Ich wollte dich eigentlich zum Essen mitnehmen.«

Pünktlich aufs Stichwort knurrte mein Magen erneut und Fabian grinste: »Da komme ich wohl genau rechtzeitig.«

Ich legte eine Hand auf meinen Bauch. »Eigentlich wollte ich gerade kochen.«

Er schaute mir direkt ins Gesicht und sagte nach einer Pause: »Komm schon. Gib dir einen Ruck. Das wird dir guttun.«

Die Schneeflocken hinter ihm schienen etwas dicker geworden zu sein. Jetzt waren sie gut sichtbar und schwebten weich zur Erde. Ich schluckte. Es war Abend. Wenn Ken bis jetzt nicht da war, würde er heute vermutlich nicht mehr kommen.

»Also gut«, sagte ich.

Ein erleichtertes Lächeln umspielte Fabians Mund.

»Kommst du trotzdem kurz rein? Ich muss mich umziehen.«

Fünf Minuten später verließen wir zusammen die Wohnung.

Ganz Gentleman hielt mir Fabian die Tür zum Restaurant auf. Mein Magen hing mir schon in den Knien und ich freute mich auf die italienische Küche. Im Vorraum klopften wir die dünne Schicht Schnee von unseren Mänteln und Mützen. Der Kellner kam und platzierte uns an einem gemütlichen Tisch in der Nähe des Kamins, in dem ein kleines Feuer ruhig vor sich hin loderte.

Der Kellner hatte anscheinend italienische Wurzeln und stellte uns nach dem Anreichen der Speisekarten mit einem fröhlichen »Salute« zwei Campari Soda auf die rote Tischdecke. Fabian griff sogleich danach und erhob sein Glas, um mit mir anzustoßen. »Wie gesagt, ich lade dich ein, also bestell dir gern, was dein Herz begehrt.«

Ich nahm sein Angebot nickend an und hielt mein Glas nah an seines. »Danke. Auf einen schönen Abend.«

Die Gläser schlugen sanft aneinander. Wir tranken und ich ließ mir die süßliche Flüssigkeit auf der Zunge zergehen. Ein ruhiger italienischer Klassiker drang aus den Lautsprechern an unsere Ohren.

Auf dem schwarzen Einband der Speisekarte stand in geschwungenen Lettern der Name des Restaurants: *Grande Amore*. Ich warf Fabian einen unauffälligen Blick zu. Er war schon ganz in das Menü versunken.

Sollte mir der Name des Restaurants eine bestimmte Botschaft übermitteln?

Ich schlug die Karte auf und stieß unter dem Tisch aus Versehen mit meinem Schuh gegen seinen. Fabian warf mir über die Speisekarte hinweg einen Blick aus seinen grauen Augen zu. Kleine Lachfältchen bildeten sich in seinem Gesicht und obwohl ich Nase und Mund nicht sah, wusste ich, dass er grinste. Ich sagte kaum hörbar »Scusa« und vertiefte mich wieder in die Karte. Der Tisch war so klein, dass ich fürchtete, dass wir sogar mit den Knien aneinanderstoßen könnten.

Wir entschieden uns beide für ein Pastagericht und bekamen kurz darauf einen Brotkorb und eine kleine Schüssel Oliven serviert. Das Lokal war nur halb gefüllt und wir hatten einen guten Blick auf das gigantische Fenster neben dem Eingang. Ein Pärchen saß direkt davor, hatte aber keinen Blick für das zunehmende Schneetreiben draußen auf der Straße. Ich atmete zur Entspannung tief ein und aus.

»Gefällt es dir?«, fragte Fabian.

»Ja, hier kann man sich wohlfühlen«, sagte ich ehrlich.

»Und fühlst du dich auch wohl?«

»Ja.« Ich neigte den Kopf lächelnd zur Seite. »Danke, dass du mich aus meiner Höhle herausgeholt hast.«

Ich trank den letzten Schluck Campari Soda und freute mich auf den Wein, den der Kellner in diesem Moment zusammen mit zwei Gläsern brachte. Nachdem er uns die dunkelrote Flüssigkeit eingegossen hatte, verschwand er wieder.

Ich nahm mein Glas in die Hand und Fabian beugte sich mir entgegen. »Auf eine tolle Frau, die hoffentlich bald wieder aus vollem Herzen lachen kann.«

Ich lachte verlegen und antwortete: »Auf einen schönen Abend.«

Die Gläser klirrten sanft und wir ließen uns den Wein schmecken. Auf Fabians Wangen hatte sich bereits ein leichter roter Schimmer gelegt und auch mir wurde wärmer.

Das Feuer im Kamin loderte wohlig vor sich hin. Es wirkte allmählich heißer als vorhin und ein paar spitze Zacken griffen nach dem Kaminrand. Ich zog meine Strickjacke aus und hängte sie über meine Stuhllehne.

Fabian räusperte sich. »Ich hatte dir ja geschrieben, was meine Gedanken sind. Das, was Weihnachten passiert ist, ist vielleicht aus einer spontanen Situation so gekommen, aber es drückt genau meine Gefühle aus.« Er machte eine bedeutsame Pause, zögerte, ehe er fortfuhr. »Du hast mir noch nicht darauf geantwortet, deshalb weiß ich nicht, wie es dir damit und mit deiner eigenen Situation geht. Was deine Gedanken dazu sind. Hast du … dich inzwischen wiedergefunden?«

Ich schluckte. Mein Lächeln war mir kurz abhandengekommen. Unschlüssig setzte ich es wieder auf und senkte den Blick auf meine Hände, die sich auf dem Tisch berührten. »Seit der Beerdigung habe ich nichts mehr von Ken gehört. Das macht mich ein bisschen traurig, aber ich kann es auch verstehen. Sicher ist es gerade schwierig mit seiner Familie, da möchte ich ihm natürlich genug Zeit geben. Es ist kompliziert.«

Fabians Blick ruhte konzentriert auf meinem Gesicht. »Beeindruckend, dass du so viel Verständnis für ihn hast. Und das, obwohl dich das so mitnimmt.«

»Gestern war ein emotionaler Tiefpunkt für mich und es tut mir leid, dass du mich so sehen musstest. Aber ich habe mir vorgenommen, dass ich alles etwas mehr auf mich zukommen lassen will. Ich denke mir, alles, was sein soll, wird sein. Heute bin ich schon etwas entspannter.«

Fabian legte nachdenklich den Kopf schief. »Entspannung ist gut, aber die Unsicherheit würde mir überhaupt nicht gefallen. Ich würde meine Freundin nie so lange im Unklaren lassen. Für mich klingt das schon irgendwie verdächtig.«

Ich zuckte mit den Schultern. Fabian fuhr fort: »Du hattest doch gesagt, da ist eine Japanerin, mit der er sich öfter getroffen hat«

»Ja, seine Mutter will anscheinend, dass er sich ihr zuwendet. Also, eine Beziehung mit ihr eingeht.«

Fabian hob die Augenbrauen und seufzte. Als der Kellner uns das Essen brachte, griffen wir hungrig nach Löffel und Gabel.

»Also wenn du den Rat eines Freundes annehmen möchtest … für mich klingen dieser Ken und seine Familie nach ganz schön viel Ärger. Das sage ich natürlich nicht ganz uneigennützig.«

Bevor er weiterreden konnte, kam ich ihm zuvor. »Du bist sehr aufmerksam und kümmerst dich immer gut um mich. Und ich mag dich. Wir hatten auch immer viel Spaß zusammen, wenn wir ausgegangen sind …«

»Warum redest du in der Vergangenheit?«

Verwirrt hielt ich inne.

Meine Gabel Carbonara-Pasta schwebte in der Luft. »Weiß ich nicht. Wir können natürlich gern weiter was unternehmen. Es macht Spaß, mit dir neue Ecken von Tokyo zu entdecken.«

»Da bin ich beruhigt.«

Ich wusste nicht, was ich darauf sagen sollte. Er hatte mich aus dem Konzept gebracht, meinen Anlauf unterbrochen.

Schweigend aßen wir unsere Pasta. Das Knistern des Kamins war deutlich zu hören. Plötzlich sagte er leise und über den Tisch gebeugt: »Ich würde mich wirklich sehr darüber freuen, wenn ich mehr Zeit mit dir verbringen könnte. Allein.«

Ich merkte, dass ich ihm nicht klar antworten konnte und mich wahrscheinlich um Kopf und Kragen reden würde, wenn ich es versuchte. Mir wurde immer wärmer neben dem Kamin. Der Wein vernebelte mir zusätzlich die Gedanken und ich schaute ein wenig zu lange zwischen seinem schön gestutzten Bart und seinen Augen hin und her. Man konnte sich in beidem wirklich unglaublich gut verlieren. »Ja, das würde mich auch freuen«, sagte ich wie in Trance.

Fabian war mit seiner Portion schon fast fertig und legte die Gabel ab. Im nächsten Augenblick lag seine rechte Hand auf meiner Linken. »Gib mir eine Chance, Mona.«

Er hauchte die Worte nur und mich überlief eine Gänsehaut. Mein Gesicht wurde heiß. In meinem Hals bildete sich ein Kloß und die romantischen Verse der Hintergrundmusik drangen immer lauter an mein Ohr.

Ich schluckte und zog meine Hand unter seiner weg. »Ich geh mich mal kurz frisch machen«, sagte ich und legte meine Gabel neben den Teller. Mir war vor

Aufregung der Appetit vergangen. Fabian nickte. Seine Wangen glühten rot, als ich vom Tisch aufstand.

Ich schloss die Kabinentür hinter mir und ließ dem Herzklopfen freie Bahn. Laut atmete ich ein und aus. Meine Brust hob und senkte sich sichtbar. Ich musste mich unbedingt beruhigen.

Aus der Hosentasche kramte ich ein Taschentuch und betupfte mir die Stirn. Der Wein, das Essen, der Kamin – mir war unglaublich heiß. Ich konnte nicht mehr leugnen, dass mir Fabians Absichten klar waren und – schlimmer noch – mich faszinierten.

Er war in meinem Alter, das war eine ganz andere Basis als bei Ken. Er stammte aus Deutschland wie ich. Mit demselben kulturellen Background interessierten wir uns für ähnliche Dinge und genossen es, Tokyo zu entdecken. Vielleicht konnten wir nach meinem Abschluss per *Work and Travel* durch Japan reisen und das Land noch viel besser kennenlernen. Er hatte schöne Hände und sein Gesicht zog mich magisch an. Und der Kuss. Ich seufzte. Es war schön gewesen.

Moment! Was dachte ich denn da? So etwas durfte ich nicht denken!

Ken war sicher bald zurück und wir würden endlich da weitermachen, wo wir Anfang Januar aufgehört hatten. Ja, es gab kulturelle Unterschiede zwischen uns, aber war nicht gerade das spannend? Wir konnten so viel voneinander lernen und beide Länder mit neuen Augen sehen. In den letzten Monaten waren wir schon weit gekommen. Ich spürte eine Seelenverwandtschaft mit ihm, für die es keine Worte brauchte. Und der Altersunterschied machte uns eben zu einem besonderen Pärchen. Gleichaltrig konnte ja jeder. Wenigstens ruhte Ken in sich und musste sich nicht erst noch die Hörner abstoßen.

Aber war er noch neugierig auf die Welt? Seine Leidenschaft fürs Cello faszinierte mich nach wie vor, aber konnte er sich auch für andere Dinge begeistern? Manchmal wirkte er nachdenklich und in sich gekehrt. Vielleicht war das typisch für Musiker.

Und dann war da noch seine Mutter. Wie sollten wir uns nach dem letzten Aufeinandertreffen noch im selben Raum aufhalten können? Sie würde mich sicher nie akzeptieren. Andererseits gab es auch keine Garantie dafür, dass Fabians Eltern mir wohlgesonnen waren. Es wirkte lediglich wahrscheinlicher.

Ich schloss die Kabinentür auf und ließ mir am Waschbecken kaltes Wasser über die Handgelenke laufen. Fabian war ein interessanter Mann, aber ich würde doch meine Beziehung mit Ken nicht einfach wegwerfen! Oder? Er war immerhin der Grund gewesen, warum ich länger als geplant in Japan geblieben war. Aber war er immer noch der Grund, warum ich bleiben wollte?

Der Schweißausbruch hatte sich beruhigt, nur meine Wangen waren noch immer rot. Ich brauchte Zeit, ich konnte und wollte das nicht heute Abend entscheiden. Die Versuchung war nicht von der Hand zu weisen, aber ich zwang mich, einen kühlen Kopf zu bewahren.

Als ich zurück an den Tisch kam, rutschte Fabian unruhig auf seinem Stuhl hin und her. Sein Teller und Besteck waren nicht mehr da. Die Weinkaraffe war geleert und gleichmäßig auf unsere beiden Gläser aufgeteilt worden. Er nahm seines in die Hand und hielt es in die Luft, um mir zuzuprosten. Ich tat es ihm gleich und nahm einen großen Schluck Wein. Er schmeckte ausgesprochen gut, aber etwas stimmte nicht mehr. Probeweise aß ich meine Pasta weiter.

Die Musikboxen spielten italienische Versionen von bekannten englischen Popballaden. *Breathe easy* von Blue schwebte auf Italienisch durch das Restaurant und die Gedanken an Ken ließen mich nicht los.

Das Kaminfeuer spiegelte sich in Fabians Augen und ich konnte seinem erwartungsvollen Blick nach einer Weile nicht mehr standhalten.

»Wie sieht's aus«, begann er, »wollen wir noch einen Schoppen Wein bestellen?«

Ich ließ mir mit der Antwort Zeit. Der letzte Bissen Pasta verweilte noch in meinem Mund, als ich zwei Dinge bemerkte. Erstens war ich endgültig satt. Ich schob den Teller von mir weg und betupfte mir mit der Serviette den Mund. Zweitens war Fabian nicht der Mann, mit dem ich in dieser romantischen Atmosphäre noch ein weiteres Glas Wein trinken wollte.

Ich atmete tief ein und aus. »Sei mir nicht böse, aber ich möchte jetzt lieber nach Hause.«

Ich wollte noch mehr sagen, konnte mich aber nicht für die richtigen Worte entscheiden. Also schloss ich meinen Mund wieder und hoffte, dass Fabian mein betretenes Lächeln verstehen würde. Er schien eine Weile darüber nachzudenken, dann lehnte er sich zurück und tat unbeeindruckt. »Okay, na klar, kein Ding. Dann trinken wir in Ruhe aus und ich bring dich nach Hause.«

Die Vorstellung daran gefiel mir nicht besonders. »Das ist wirklich nicht nötig. So spät ist es ja noch nicht.«

»Doch, doch, das gehört sich so. Ist doch nicht weit. Ich nehme dann einfach von da die Bahn.«

Sein bittender Blick ließ mir keine Wahl und ich willigte ein. Wir tranken unseren Wein aus und versuchten, uns die unangenehme Atmosphäre nicht anmerken zu lassen. Doch das Gespräch war ins Stocken geraten.

Wie versprochen übernahm er schließlich die Rechnung und half mir in den Mantel. Der Kellner verabschiedete uns freundlich und kurz darauf standen wir auf dem Gehweg vor dem Restaurant, auf dem sich eine recht erstaunliche Schneedecke von etwa drei Zentimetern gebildet hatte. Keine Fußspuren waren zu sehen außer unseren eigenen. Die Straße war ruhig, aber der Wind wehte ein paar Schneeflocken umher.

Hier und dort ließen die goldenen Lichter in den Fenstern schmale Schneestreifen auf dem Weg, auf Holzzäunen oder Vordächern glitzern. Ich wickelte meinen Schal fest um Hals und Schultern und Fabian schlug seinen Kragen hoch.

»Na komm, ich bring dich heim. Für Tokyoter Verhältnisse ist das ja fast schon ein Schneesturm«, sagte er scherzend.

Ich lächelte müde und gemeinsam schlugen wir den Weg Richtung Kens Wohnung ein. Sie lag nur einen Fußmarsch von zwanzig Minuten entfernt. Sobald wir an eine Straßenkreuzung kamen, pfiff uns ein fast eisiger Wind um die Ohren und ich zog meinen Schal höher. So viel Schnee und Kälte war in Tokyo wirklich eine Seltenheit.

Während wir so nebeneinander herliefen, lockerte sich die Stimmung wieder auf. Wir fanden zu einem normalen Gespräch zurück. Trotzdem blickte ich mit Unbehagen dem bevorstehenden Abschied entgegen.

Als wir vor der Haustür ankamen und uns gegenüberstanden, legte Fabian den Kopf schief und einen flehenden Ausdruck in seine Augen. Er holte tief Luft. »Mona, wenn du irgendwie …«

Ich nutzte die kleine Pause, die er unwillkürlich ließ. »Es tut mir leid. Ich schätze, du hast dir heute und insgesamt mehr erhofft. Aber ich kann dir das nicht geben, verstehst du?«

Wir schauten einander ruhig an. Sein Blick wanderte über mein Gesicht, zu meinem Mund und wieder zu meinen Augen. »Ich will nur nicht, dass du unglücklich bist.«

Ich nickte. »Ich weiß. Das ist echt lieb von dir.«

Er schaute herab zu seinen Schuhspitzen, auf denen sich kleine Schneehäufchen festgesetzt hatten. »Du kannst mich immer anrufen, wenn was ist. Okay?«

»Okay. Danke dir.«

Ich hatte Mitleid mit ihm und hätte ihn am liebsten in den Arm genommen. Aber das hätte vermutlich ein falsches Zeichen gesetzt, also ließ ich es. Mit meinem Handschuh tätschelte ich lediglich kurz seinen Unterarm und sagte: »Es war ein toller Abend, wirklich! Danke für das Essen.«

Er hob wieder den Kopf und nickte ein wenig traurig. Dann bemühte er sich, zu lächeln. »Ja, ich fand's auch schön. Und ich hoffe für dich, dass Ken bald heimkommt.«

»Bestimmt«, sagte ich. »Komm gut nach Hause, ja?«

»Na klar, du auch.« Dann wandte er sich um und stapfte davon. Ich schaute ihm nicht lange nach, sondern zückte den Schlüssel aus meiner Jackentasche und schloss die Haustür auf.

Die Wohnung war dunkel und lautlos. Nur aus dem Schlafzimmer fiel ein blasser Lichtstreifen auf den Boden. Ich blinzelte, bis ich realisierte, dass das nicht die Laterne von draußen war. Überrascht schlüpfte ich aus den Schuhen. »Ken? Bist du da?«

Nichts zu hören. Ich stolperte über ein paar Schuhe und plötzlich wurden meine Strümpfe nass. Ich tastete hektisch nach dem Lichtschalter. Im nächsten Moment waren Flur und Wohnzimmer hell erleuchtet. Eine große Tasche stand unausgepackt im Flur. Eine kleine Wasserlache auf dem Boden, daneben Kens Schuhe.

»Ken?«, rief ich lauter und ging zum Schlafzimmer. Die Tür war angelehnt. Ich schob sie auf und erblickte einen riesigen Berg Decken auf dem Bett. Kens Nachttischlampe brannte.

Ich ging um das Fußende herum und entdeckte unter all den Tagesdecken, Wolldecken und dem Bettzeug schließlich Kens blasses Gesicht. Er hatte wohl geschlafen und öffnete erschöpft die Augen. Ich kniete mich vor ihm auf den Boden, tastete nach seinen Armen, mit denen er die Decken fest an seine Brust drückte. »Ken, was machst du denn mit den ganzen Decken?«

»Mir war kalt«, sagte er leise, und ohne seinen Deckenkokon aufzulösen, unter dem er sich zusammengekauert hatte. Nur seine dunklen Augen blickten mich vorwurfsvoll an. Ich legte einen Arm auf seine Schulter, strich über seine Seite und versuchte zu verstehen. »Warum hast du denn kein heißes Bad genommen? Wirst du krank?«

Er ging nicht darauf ein, fragte nur: »Wo warst du?« Seine Stimme war schwach.

»Ken, ich mach mir Sorgen, komm, ich lass dir ein Bad ein.«

Ich wollte aufstehen, aber blitzschnell schoss sein Arm unter den Decken hervor und griff nach meiner Hand. »Nein, bitte bleib hier. Du kannst mich doch wärmen. Komm.«

Er rutschte mitsamt dem Deckenberg von der Bettkante weg und machte mir Platz, indem er die Decken gerade weit genug anhob, damit ich, so wie ich war, hinunterschlüpfen konnte. Auch er hatte noch Jeans und Pullover an.

Ein wenig amüsiert legte ich mich zu ihm und kuschelte mich mit dem Rücken an hin. Er senkte die Decken auf mich herab und rutschte ganz nah an mich heran, legte seinen Arm um mich und drückte mir sein warmes Gesicht vorsichtig in den Nacken. Da ich noch die Kälte von draußen mitbrachte, war es eher Ken, der mich wärmte.

Ich umschlang seinen Arm vor meiner Brust und drückte ihn fest an mich. Wir lagen eine Weile ganz still und eng aneinander gekuschelt und genossen die Wärme unter dem Deckenberg. Ich schloss die Augen und spürte die Berührungen von Kens Körper an meinem Rücken, Po und Beinen.

Nach ein paar Minuten ergriff ich behutsam das Wort. »So schön, dass du wieder da bist. Ist alles okay?«

»Es war ein sehr unangenehmer Tag. Ich hatte einen riesigen Streit mit meinen Eltern. Ich habe versucht, dich anzurufen, aber dein Handy liegt ja hier zu Hause, wie ich dann gemerkt habe.« Seine ruhige Stimme vibrierte in meinem Körper, als er in meinen Nacken hineinmurmelte.

»Ach, stimmt, sorry, das hab ich wohl vergessen.«

»Ich hätte dich gebraucht, weißt du? Du hast dein Handy doch immer bei dir.«

Ich konnte seinen Gesichtsausdruck nicht sehen, aber seine Stimme klang verärgert. »Es tut mir leid, Ken, ich war heute irgendwie durch den Wind.«

»Wo warst du denn vorhin? Hast du Wein getrunken?«

Ich schluckte. Er ließ also nicht locker. Ich drückte seine Hand fester. »Ich war mit jemandem von der Arbeit was essen.«

Er überlegte kurz. »Mit Janine?«

»Nein, mit einem relativ neuen Kollegen. Ich hatte mein Handy im Goethe-Institut vergessen und er hat es mir nach Hause gebracht. Dann bin ich eben zum Dank mit ihm essen gegangen.«

Ken rührte sich nicht, fragte nur: »Er war also hier?«

Es gefiel mir nicht, dass ich sein Gesicht nicht sehen konnte, und ich begann, mich mühsam zu ihm umzudrehen. Die Decken waren schwer. Ich überlegte, wie viel ich Ken anvertrauen sollte.

»Nur ganz kurz und nur an der Tür. Du musst dir keine Sorgen machen«, sagte ich und fand mit dem Gesicht zu Ken gewandt meine Liegeposition. Den Arm, den er vorher um mich gelegt hatte, legte er angewinkelt vor seiner Brust ab. Sein Blick war ein wenig starr auf mich gerichtet und trug viele Fragen in sich. »Ich mache mir aber Sorgen, sehr viele sogar.

Heute Vormittag haben mich meine Eltern so zur Weißglut getrieben, dass ich sie einfach habe stehen lassen. Ich bin aus dem Auto ausgestiegen und eine Stunde zu Fuß zum Bahnhof gelaufen, denn natürlich war der Bus gerade weg. Weißt du, wie viel stärker es in den Vororten schneit? Ich habe meine Zehen nicht mehr gespürt.«

Er hatte sich fast in Rage geredet. Seine Augen funkelten und ich griff zur Beruhigung nach der Hand vor seiner Brust. Er ließ nur zögerlich die Anspannung in seinen Muskeln los, damit ich die Hand ein wenig näher zu mir nehmen konnte.

»Ken …«

»Und wenn ich jetzt erfahren muss, dass sich der ganze Kampf gar nicht gelohnt hat, weil du dich lieber mit einem anderen Mann amüsierst …«

In seinem Gesicht bildeten sich kleine Falten aus Angst und Hoffnungslosigkeit.

»Ken, nein, ich bin doch hier!« Verzweiflung kroch in mir hoch, ich drückte mich enger an ihn und legte meinen Arm ganz fest um seinen Rücken. Er rollte sich zusammen. Dumpf und weinerlich drang seine Stimme hervor. »Ich habe versucht, dich anzurufen!«

»Es tut mir so leid, Ken. Ich war mit ihm wirklich nur was essen. Als Freunde, verstehst du? Das habe ich

ihm auch gesagt und er versteht es. Da ist nichts,
worüber du dir Sorgen machen müsstest.«

Die Vorstellung, wie er sich nach der Trauer über
seinen Bruder nun auch noch mit seinen Eltern
gestritten und allein durch den Schnee gekämpft hatte,
tat mir im Herzen weh. Ich drückte ihn fest an mich und
bedeckte seine Stirn und Schläfe mit Küssen. Wärmte
ihn, obwohl das sein Körper nicht mehr brauchte. Ich
hoffte nur, dass meine Wärme in seiner Seele ankam.

»Das heißt also, er würde lieber mehr als befreundet
mit dir sein?« Kens Stimme drang leise hervor.

Mein Herz klopfte vor Aufregung, aber ich musste
ehrlich mit ihm sein. Keine Geheimnisse mehr. »Ich
glaube schon, aber wie gesagt: Er weiß jetzt, dass ich
das nicht möchte. Ich will hier bei dir sein.«

Eine Weile schwieg er.

Irgendwann kroch er aus seiner kleinen Höhle
heraus und schnappte nach Luft. »Warm.«

Er lächelte zaghaft und ich lächelte zurück. Nach
einer Weile gemeinsamen Schweigens fragte ich:
»Möchtest du darüber reden, was bei euch passiert ist,
oder lieber nicht?«

Er nickte dankbar und gab mir einen Kuss auf die
Wange. Wir blieben dicht nebeneinander liegen und
redeten bis spät in die Nacht.

– Mona –

Fünf Wochen später endete die traditionelle Trauerzeit von 49 Tagen mit einer abschließenden Zeremonie und der Überführung der Urne ins Familiengrab. Um Kens Mutter nicht unnötig zu verärgern und die Gäste nicht zu irritieren, hatten Ken und ich beschlossen, dass ich der Feier lieber fernblieb.

Wir hatten unser eigenes kleines Event geplant, denn so richtig hatte ich mich bisher nicht von Kogoro verabschieden können. Das wollten wir an diesem Tag am Familiengrab der Katsumotos nachholen.

Der Himmel war klar und sonnig, als wir uns dem Friedhof näherten. Kalte Luft blies den Hügel hinab. Hand in Hand gingen wir durch die steinernen Reihen der Denkmäler, Statuen und Grabmale. In Japan waren die Friedhöfe kahl und grau. Keine Wiese, kaum ein Baum, nur Stein an Stein. Der Friedhof strahlte eine bedrückende Ruhe und Kälte, aber auch Sauberkeit aus.

In der anderen Hand trug Ken seinen Cellokasten und stellte ihn sanft ab, als wir den Grabstein mit dem Namen Katsumoto erreicht hatten.

Ken verbeugte sich, murmelte etwas und erneuerte dann die zwei Blumensträuße, die links und rechts auf einem kleinen Steinsockel in metallenen Vasen standen. Er zeigte mir, wie die Räucherstäbchen angezündet wurden und in welches Gefäß sie gehörten.

»Wenn du möchtest, kannst du jetzt mit ihm sprechen. So.« Er legte die Handflächen aneinander und senkte seinen Kopf.

Ich tat es ihm gleich und rief mir Kogoro ins Gedächtnis. Man hörte nichts außer dem Rauschen des Windes. Ich dankte Kogoro, dass er mir und auch Ken geholfen hatte, wieder zueinanderzufinden. Mir war aufgefallen, wie schön es war, dass gerade er uns den Weg zu unseren Gefühlen gewiesen hatte. Er war das Herz der Familie gewesen und auch wenn ich ihn nur kurz gekannt hatte, schmerzte sein Verlust.

Ken und ich hatten über die Schwierigkeiten der letzten Monate gesprochen, um einander besser zu verstehen. Ich hatte mit ihm auch über den Kuss mit Fabian geredet. Nach anfänglicher Verärgerung hatte Ken geschmunzelt und mir von einem Erlebnis aus seiner Studentenzeit erzählt, bei dem er ein Mädchen ganz ähnlich in einem Schrein geküsst hatte.

Es berührte mich, dass Ken mir immer öfter anvertraute, welche Gefühle ihn beschäftigten und welche Gedanken er mit sich herumtrug. Und ganz besonders freute mich, dass er zugesagt hatte, mit mir zu Yumis Hochzeit zu gehen. Kein Versteckspiel in der Öffentlichkeit mehr.

Eine zaghafte Melodie aus Kens Jackentasche störte unser Gedenken. Er warf mir einen entschuldigenden Blick zu, holte das Handy heraus und nahm den Anruf an. »Hallo, alles in Ordnung bei euch? Ja? Gut. Dann tut es mir leid, Mutter, jetzt ist es leider sehr ungünstig. Ich rufe dich nachher zurück.«

Ich hörte sie am anderen Ende der Leitung auf ihn einreden, aber da hatte er schon aufgelegt und lächelte mich an. Dann rückte er seinen dunkelgrünen Schal zurecht. Ich war froh, dass er mein Geschenk so gerne trug, und fand, dass es ihm ausgezeichnet stand.

Ken stellte eine Dose Asahi-Bier, die er in seiner anderen Jackentasche transportiert hatte, auf das Steinmonument und öffnete seine Cellotasche.

»Bier?«, fragte ich.

»Ja, das war Kogoros Lieblingssorte. Er soll doch eine schöne Zeit haben.«

Ken zog den Stachel aus seinem Cello bis zum Anschlag heraus und griff nach dem Bogen. Ich hatte mir gewünscht, dass er für uns drei spielen würde, und war überrascht, dass er darauf eingegangen war. In einiger Entfernung sah ich ein anderes Paar auf dem Friedhof, das zu uns herübersah. Ken bemerkte sie und nickte ihnen freundlich zu. Dann schaute er mich an und fragte mit einem kleinen Lächeln: »Bereit?«

»Bereit.«

Als die ersten Töne des *Okuribito*-Themas erklangen, legte sich ein wehmütiges Lächeln auf mein Gesicht. Ken schloss seine Augen und ein Windstoß griff ein paar Blätter auf, die auf dem Steinweg gelegen hatten. Sie wirbelten durch die Luft, über die Gräber hinweg, und mit ihnen die traurig schönen Töne aus Kens braunem Cello.

Ende

Die Töne sind verklungen ...

Was glauben Sie: Werden Mona und Ken eine lange Zeit glücklich zusammenleben? Werden sie auf der Hochzeit von Yumi tanzen? Und was wird Mona nach ihrem Universitätsabschluss machen? Werden die beiden auch einmal gemeinsam nach Deutschland reisen? Es gibt Vieles, was über Ken und Mona noch erzählt werden könnte, aber das überlasse ich nun ganz Ihrer Fantasie. Träumen Sie gerne weiter, es würde mich freuen, wenn die Figuren in Ihrem literarischen Herzen einen Platz finden würden.

Ken Katsumoto, dessen Name ich mir von dem Schauspieler Ken Watanabe geborgt habe. Im Film *Last Samurai* verkörpert er die Figur Moritsugu Katsumoto. Der wunderbare Kogoro, dessen Name so ähnlich klingt wie *Kokoro*, was im Japanischen »Herz« bedeutet und ihm sowohl die gute Seele als auch die entsprechende Krankheit beschert hat. Mona, die mich – Sie ahnen es – ein wenig an mich selbst erinnert. Und all die lustigen Gestalten, Romy aus Band 1, Kens Mutter aus Band 2, Janine und Fabian. Ich werde sie alle in meinem Herzen behalten. Es war eine schöne Zeit mit ihnen.

All das wäre nicht möglich gewesen ohne die helfenden Hände und Hirne, Seelen und Worte einiger lieber Menschen. Ein großes Dankeschön an meine tollen Test- und Betaleserinnen Jusy, Judith, Lia und Mama ^^, die auch dieses Mal riesige Geduld für das Projekt hatten – und das, obwohl sie teils ungeschliffene Rohfassungen lesen mussten. Ich danke meiner Coverdesignerin Jessy, die auch für Band 2 einen bezaubernden Umschlag gestaltet hat, der auch noch super zu Band 1 passt (Halten Sie die beiden mal nebeneinander, hihi). Ganz, ganz großer Dank gilt auch dem Neuzugang in unserem Kreativ-Team: Ich freue mich, dass ich mit Katha eine einfühlsame Lektorin gefunden habe, die die Geschichte auf Herz und Nieren geprüft und noch gefühlvoller, noch runder gemacht hat. Es war eine Freude, mit euch allen zu arbeiten. Danke!

Liebe Leser und Leserinnen, Ihnen danke ich ebenfalls, für das Vertrauen und die Zeit, die Sie mir und meiner Geschichte gewidmet haben. Falls Sie Spaß daran hatten, schreiben Sie gerne eine öffentliche Rezension und empfehlen Sie Ihren Freunden mein Buch. Falls Sie Kritik haben, schreiben Sie mir gern eine E-Mail. Und last but not least lege ich Ihnen den einen großen Film ans Herz: *Nokan - Die Kunst des Ausklangs* (*Okuribito*).

Christin Tewes, April 2021
kontakt@christintewes.de

ISBN 978-3-7541-1556-5

www.epubli.de